The Call of the King

BBN
B・BOY NOVELS

艶情《えんじょう》

王者の呼び声

岩本 薫

イラスト／北上れん

この物語はフィクションであり、実際の人物・団体・事件等とは、一切関係ありません。

CONTENTS

艶情《えんじょう》 王者の呼び声

英国——コッツウォルズ。

凍《い》てつく冷気が骨の髄《ずい》まで染み入る冬の日だった。

シュガーパウダーのような雪がうっすらと積もった丘陵地帯に、おごそかな鐘の音が響き渡る。

どこか沈鬱《ちんうつ》に響くのは、死者を弔《とむら》う鐘だからだ。

葬儀の参列者は、黒いスーツに身を包んだ四人の男。

牧師を除けば、たった四名の身内によって、その葬儀は執《と》り行われた。

貴族の血を引き、長らく、この付近一帯の大地主であった領主の弔いにしては簡素な葬儀だったが、これは喪主の意向だった。

——祖父の葬儀は身内のみで済ませたい。これは祖父の遺言によるものである。

喪主が長いつきあいの牧師にそう頼み、村人には参列を遠慮してもらったのだ。

亡くなった当主が九十七歳という高齢だったこともあり、牧師もその希望を受け入れてくれた。

小高い丘の上に建つ『ゴスフォード・ハウス』。二百年前まで貴族のマナーハウスであったその館の裏手に広がる、代々の一族が眠る墓地まで、四人で棺桶を運ぶ。

到着すると、各々がスコップを持ち、黙々と土を掘った。

墓穴に棺桶が安置されたのを見計らい、聖書を手にした牧師が死者への祈りを捧げ始める。

「みなさん、ここに故人との告別を行うにあたり、命の源である神に信頼をもって祈りましょう。いまはただ私たちの手で葬《ほうむ》られてゆくこの兄弟が、キリストの復活の力にあずかり、聖人の集いに加えられますように」

無言で祈りを捧げ、十字を切った男たちは、白い薔薇《ばら》を棺桶の上に献花した。

牧師が祈りの言葉を継ぐ。

「いつくしみ深い神である父よ、あなたがつかわされたひとり子キリストを信じ、永遠の命の希望のうちに人生の旅路を終えたオズワルド・ゴスフォードを、あなたの御手《みて》に委《ゆだ》ねます。私たちから離れてゆくこの兄弟の重荷をすべて取り去り、天に備えられた住処に導き、聖人の集いに加えてくださ い。別離の悲しみのうちにある私たちも、主、キリストが約束された復活の希望に支えられ、あなたのもとに召された兄弟とともに、永遠の喜びを分かち合うことができますように。私たちの主イエス――キリストによって」

「アーメン」

それが、葬儀に際して男たちが発した唯一の言葉だった。

死者の弔いが終わると、男たちは再度スコップを手に持ち、棺桶に土をかけ始める。みるみる棺桶が土に埋まっていく。棺《ひつぎ》がまったく見えなくなったところで、まだやわらかい土の上に、故人の没年月日と名前が刻印された石の十字架を設置した。男のひとりが、白薔薇の花輪を十字架にかける。

これにて葬儀はつつがなく終了した。

「牧師様、ありがとうございました」

各自が牧師に礼を言って歩き出す。

一行が墓地から出たあたりで、今日は初めての雪がちらほらと降り始めた。

「さて、オズワルドの埋葬は済んだ」

牧師と別れて『ゴスフォード・ハウス』に戻った一行は、当主の部屋に集まっていた。

つい先日までここは、先程埋葬された長老オズワルド・ゴスフォードの部屋だったが、彼が死の間際に残した遺言によって、孫のアーサーに譲《ゆず》り渡された。

もっとも高齢のオズワルドは近年寝所に伏すことが多く、ここ数年、英国の人狼一族ゴスフォードの実質的なリーダーシップは、すでにアーサーが執《と》っていた。葬儀の喪主をつとめたのもアーサーだ。

新当主のアーサー・ゴスフォードは、赤々と燃える暖炉《だんろ》を背に、祖父から譲り受けた領主の椅子に座していた。

英国人のなかでも長身の部類である屈強な体軀《たいく》は、三十七歳という実年齢より彼に威厳を纏《まと》わせ、相対する人間に無言の圧力を感じさせる。

豊かなダークブラウンの髪は父に由来し、琥珀《こはく》色の双眸《そうぼう》は母ゆずりだ。秀《ひい》でた額と高い鼻梁《びりょう》は、その身に流れる貴族の血を反映してノーブルな趣《おもむき》を与えているが、一方で、瞳の鋭さとやや傲慢《ごうまん》に結ばれた口許は、彼が内包するもうひとつの血――野性を強く想起させた。

領主の椅子のアーサーは、自分の前に座す三名の顔を順に見る。たったいま、ともに死者を弔ってきた男たちだ。

向かって右に位置するのがエドガー・ゴスフォード。年齢はアーサーより十歳上。亡くなったオズワルドの三人の息子のうち、次男の息子で、アーサーの従兄に当たる。サンドベージュの髪とブルーグレイの瞳を持つエドガーは常に冷静沈着で、どんなときも落ち着き払っている。貴族的な鼻筋と細い目、長身痩軀という外見は祖父のオズワルドに一番似ていた。

真ん中がウルフガング・ゴスフォード。

同じくオズワルドの三男の息子で、アーサーのもうひとりの従兄だ。年齢はエドガーと同じ。四角い顔と頑丈な顎《あご》を持ち、体つきもがっしりと逞《たくま》しい。短く刈り上げた黒髪と髭がトレードマークで、褐色の瞳には、いつも苛立ちが浮かんでいる。気が短く、すぐに感情的になるところはエドガーと対照的だ。

そして左端がユージン・ゴスフォード。

オズワルドの長男の第一子で、アーサーの年の離れた兄だ。

長くてまっすぐな銀髪にライトブルーの瞳という特殊な外見は、アーサーが物心ついた時分から変わっておらず、見た目から実年齢を言い当てるのは極めてむずかしい。

ユージンの「時」が若き日のまま止まっているのは、彼が人狼であることに依拠《いきょ》する。祖先にもまれに「年を取らない」人狼がいたようだ。加齢によって、人間ほどには肉体が衰えない恩恵には、程度の差こそあれ、この場の全員が与《あずか》っていた。

以上の四名が、ゴスフォード一族最後のメンバーである。オズワルドの孫であるという点においては全員が横並びだ。

にもかかわらず、最年少のアーサーが、ここ数年リーダーの役割を担ってきた背景には、長老オズワルドの意向が働いていた。

もはや思うようには動けないと覚《さと》った段で、オズワルドがアーサーを次期当主に指名したのだ。長老の存意《ぞんい》は絶対であり、その決定に逆らう者はいなかった。

それゆえに、今日まではこれといった波乱もなくきたが、オズワルドの葬儀を終えたいま、アーサーは改めて、仲間に確認を取る必要性を感じていた。

「本日より、私がアルファとなることに異存はないか？」

ゴスフォードの当主であることと、群れのリーダー〈アルファ〉であることは同義なので、そう問いかける。

「ないよ」

サブリーダーのエドガーが肩をすくめた。

「この数年、病牀《びょうしょう》のオズワルドに代わって群れを仕切っていたのはきみだ。その確認はいまさらだろう」

次に目を向けたウルフガングは、群れのなかではアーサーとエドガーに継ぐ、二番手に甘んじている。

少しのあいだ睨《にら》むようにアーサーを見つめ返してから、「……俺もない」と低音を落とした。

最後にユージンに視線を向ける。透明な美しさと引き替えに、神はユージンから人並みの健康を奪ったのかもしれない。生まれつき虚弱だったユージンは、群れで最下位の狼として生きてきた。

そのユージンが、にっこりと微笑む。

「アルファはきみしかいないよ、アーサー」

名実ともにアーサーがアルファ狼となった瞬間だった。

「ありがとう。では、ここからはゴスフォード一族のリーダーとして、話し合いの議題を提示したい」

アーサーがそう切り出すと、三名が心持ち居住まいを正す。これから俎上《そじょう》に載る議題がなんであるのか、すでにわかっているのだ。

「オズワルドの埋葬が完了し、世代交代が行われた。これにより、十七年前の約束事も無効となった」

十七年前の約束事——。

それを説明するのには、時計の針をさらに六十年ぶん巻き戻す必要がある。

かつては英国にも、複数の人狼の群れが、それぞれの縄張りを作って生きていた。

だが、狼姿のときに人間に狩られ、または悪魔狩りと称されて殺され、さらには生殖能力の本来の低さもあいまって徐々に数を減らし——ついにわずか二名となった。

かろうじて生き残ったのは、人狼のなかでも名門の一族であるゴスフォードの二名だった。

のちにゴスフォードの長老となるオズワルドと、その幼なじみのレスリーだ。

ふたりは親友であり、秘密の恋人同士でもあった。深く愛し合っていたふたりには、どちらかが人間の女性と契《ちぎ》り、子供を作るという手段はどうしても選べなかった。

もはや宿命を受け入れるしかないと覚悟を決めたふたりに奇跡が起こる。レスリーが女性化し、オズワルドの子供を産んだのだ。生まれた人狼は三つ子だった。

出産の数年後、レスリーは不幸にして流行病《はやりやまい》で亡くなったが、その子供たちが成長して人間の女性と結婚し、それぞれ子供を作ったことで、一族は最大の危機を脱したように思えた。

だがそれは、束の間の安息でしかなかった。

三人の息子の子供、つまりオズワルドの孫たちには子供ができなかったのだ。理由は不明だが、人間の妻が妊娠した場合でも、出産まで至ることなく流産してしまう。

ふたたび一族は絶滅の危機に瀕《ひん》した。

このままでは、群れの消滅を待つばかりだ。男たちの顔から笑みが消えた。

貴族の血を引く名門であり、先祖伝来の広大な領地を有するゴスフォードであったが、継ぐ者がいなければそれらも意味をなさない。

絶望の淵《ふち》に立たされた彼らに、一筋の光が差し込んだのは、いまから十七年前のイヱス・キリスト生誕前夜。

イブの午後、クリスマスの奇跡よろしくオズワルドの前に現れた日本人の人狼は、レスリーと同じ《匂い》を持っていた。

人狼であり、かつ、女性化する特異体質の持ち主――【イヴ】だ。

長老オズワルドは、一族の男たちに命じた。

どのような手段を講じてでも必ず、あの【イヴ】を手に入れろ、と。

長老の命を受け、仲間は決死の思いで【イヴ】略奪を決行した。

しかし、作戦は失敗に終わり、仲間を一名失った。

帰国した【イヴ】を追って五名が海を渡り、日本の人狼一族である神宮寺《じんぐうじ》と命を賭《と》して闘った。

その結果、ゴスフォード一族はさらに二名を失い、三名が敵方に捕らえられた。

敵のリーダーである神宮寺の長とオズワルドが話し合い、三名の命と引き替えに、「今後、ゴスフォードは神宮寺一族の【イヴ】には手を出さない」という協定が結ばれた。

それが、十七年前の約束事だ。

ゴスフォードにとっては、屈辱に塗《まみ》れた協定だった。

受け入れがたい敗戦と屈辱は、ゴスフォードの男たちの胸に深い傷となって刻み込まれ、その後幾度となく、仇討《あだう》ちの気運が高まった。けれど誇り高きオズワルドは、自分の目の黒いうちは、神宮寺月也《つきや》と交わした約束を反故《ほご》にすることを許さなかった。

だが、オズワルドは死んだ。

彼の死と時を同じくして、神宮寺一族とのあいだに結ばれた協定も無効となった。

もはや屈辱に耐える必要はなくなったのだ。

「このまま手を拱《こまね》いていても、ゴスフォードは早晩死に絶える」

人間の女とのあいだに子供ができない非常事態は、この十七年間も改善されていなかった。

「そうだ。ただ待っていても、事態が好転しないことははっきりとわかった」

エドガーが同意の声を出す。

「となれば、残る道はひとつ。一か八か、賭けに打って出るしかない」

日本に赴《おもむ》き、【イヴ】を奪う。英国に連れ帰った【イヴ】に子供を産ませる。

子供の父親となるのは、群れのリーダーであるアーサーだ。アルファのアーサーに交尾の優先権があることは、群れの掟《おきて》で決まっていた。

日本生まれの【イヴ】という新しい血が入れば、生まれてきた子供が成長したのちに人間の女と交わり、子を作れるかもしれない。

あくまで憶測の域を出ないが、どんなに小さな希望でもないよりはましだ。

逆をいえば、そのわずかな可能性に一族の命運を賭けなければならないほどに、ゴスフォードは追い詰められていた。

「【イヴ】を奪うということだな？」

ウルフガングが憎々しげに、「やつらから」と吐き捨てる。ウルフガングとエドガーは、十七年前の日本襲撃に参加した。その際に捕虜となり、また襲撃によって兄弟を失った彼らは、神宮寺を憎む気持ちがことさらに強い。

「時は満ちた」

赤々と燃える炎を背に、琥珀色の瞳を光らせ、アーサーが断じた。

なにもかもが不確かななかで、揺るぎない事実があるとすれば、ただひとつ。

日本にいる【イヴ】がゴスフォードの唯一無二の希望であり、一族再建のためにはその存在が必要不可欠であることだ。

「ゴスフォード一族の誇りと、失った栄光を取り戻すために」

「おお……！」

「必ずや【イヴ】を我々のものにする」

決然としたアルファの宣言に、男たちは武者震いのように身を震わせた。

1

日本——東京。

教室の窓の外は雪がちらついている。この冬三度目、年が明けてからは初めての雪だ。

今年は全国的に——いや、全世界的に降雪量が多いというニュースを、インターネットで今朝見たばかりだ。

豪雪地帯は雪の重みで家が潰れてしまったり、家から出られなくなったりと大変なことになっているらしい。

とはいえ東京は、積もったところで二十センチほどで、数日後には消えてしまう。それでも交通機関に影響があり、電車の遅延などがニュースになる。

(このくらいなら、電車が止まることはないか)

雪のちらつき具合をしばらく眺め、賀門峻仁《がもんたかひと》がそう判断したとき、傍《かたわ》らから声がかかった。

「タカ、一緒に帰れる?」

声の主は、同じクラスの神山《かみやま》みちる。峻仁の幼なじみだ。

小学校四年生の六月に、峻仁のクラスにみちるが転校してきた。唯一の肉親だった母親を亡くして、母方の祖父母に引き取られたのだ。みちるの祖父母の家が、たまたま峻仁の家の近所だった縁で、一緒に登下校するようになり、自然と親しくなった。その後、中学、高校と同じ学校に進学した。

通算七年に及ぶつきあいだが、その間、みちるの外見に大きな変化はなかった。初めて見たときから小さかったけれど、いまも小柄なまま。もちろん初対面のころより背は伸びた。でも、いまだにクラスの男子では一番低い。そして細い。

峻仁も、どちらかといえば細身のほうだ。体の厚みに関しては、悔しいけれど、双子の兄に水をあけられている。ただしそれなりに筋肉はついている。ガリガリではない。

だけどみちるの場合は、「細身」という表現では間に合わない感じがした。昨年の春にあつらえた制服の詰め襟のなかで体が泳いでいる。これは、みちるの祖母が、先の成長を見越して大きめの制服を発注したためだ。

中学時代も同じ理由で大きめのサイズを発注され、中一のときはいつもズボンの裾を引きずっていた。その制服がようやくぴったりになったころに中学卒業を迎え、ふたたび高校で、ぶかぶかの制服に戻ってしまったというわけだ。

「中学と違って、高校ではもうそんなに背は伸びないと思うんだよね……」

入学式で、あきらかに体に合っていないオーバーサイズの制服を着たみちるは、少し悲しそうな顔でため息を吐いていた。

「そんなことないよ。成長期だし、まだまだ伸びるって」

「そうそう、急に筋肉ついてパツパツになるかもよ?」

峻仁と兄の希月《きづき》で、そんなふうにフォローしたのだが、あれから八ヶ月余りが過ぎた現在、みちるの制服はぶかぶかのままだった。

制服だけじゃない、眼鏡も常にずり落ち気味で、しょっちゅう手で持ち上げている。これは、みちるの顔が小さすぎて、ぴったりフィットする眼鏡が見つからないせいだ。

度のきつい眼鏡を、いまもまた手で押し上げて、みちるが「タカ?」と名前を呼ぶ。制服の上にダッフルコートを着た幼なじみの呼びかけに、峻仁は「ああ……ごめん」と謝った。

「帰るよ。ちょっと待って」

机のなかから教材を取り出してスクールバッグにしまう。机の上に出しっぱなしにしてあった筆記用具とノートも入れた。高校から持ち始めた携帯を制服のポケットに差し入れて、首にマフラーを巻く。これで帰り支度は完了だ。

スクールバッグを肩にかけて椅子から立ち上がる。

「行こう」

「うん」

横に並んだみちるが、ちらっと峻仁を見て、「手袋したほうがいいんじゃない? 外、雪降ってるよ」と言った。当のみちるは、しっかり手袋を嵌《は》めている。

「持ってきてない」

「そうなんだ。寒くない？」

「平気」

そう答えて肩をすくめた。

「ほんと？」

訊《き》き返したみちるが、信じられないといった顔をする。痩せているせいか、みちるは寒がりだ。

対照的に、峻仁は寒さに強かった。峻仁も学校指定のダッフルコートを持っているが、この冬まだ一度も袖を通していない。

逆に暑さには弱く、夏はぐったりする。これは母方の神宮寺の血筋だ。

母も、母の弟の叔父も、夏に弱くて冬に強い。

（あ……ひとりイレギュラーがいた）

祖父の月也だけは、真夏でも無闇に暑がったりしない。常に凜《りん》とした佇まいで過ごしているので、まるで祖父の周辺にだけ、涼やかな風が吹いているかのような錯覚に陥《おちい》るのだ。

（まぁ、あのひとは別格だから）

特異な遺伝子を持つ一族のなかでも、とりわけ特別なひとだ。

そう結論づけて、廊下に出る。すると今度は後ろから「タカくん」と声をかけられた。振り返ると、教室の出入り口に同じクラスの女子生徒が立っている。峻仁と一緒に学級委員をしている女子で、顔立ちが整っているので一部の男子に人気がある。彼らいわく「眼鏡萌え」らしいけれど、峻仁には、その感覚はよくわからない。

「ちょっといい？」

「中村《なかむら》さん……なに？」

「あのね、今月末の校外実力試験に向けて、クラスの有志で勉強会をしようって話になってて」

校外実力試験は、校内の中間や期末などの定期テストとは別に、大手予備校や塾が主催する模試だ。参加は任意だが、これによって全国における自分の順位がわかるので、有名大学進学を見据えている生徒たちは、一年のうちからこの模試を受ける者が多い。

「それで、もしよかったらタカくんも一緒に……」

「俺、受けないから」

「えっ？」

女子生徒が、虚《きょ》を衝《つ》かれたように、レンズの奥の目を瞠《みは》った。

「模試、もう受けないから」

繰り返すと、「受けないのっ？」と驚いた声を出す。

「この先ずっと？」

「うん。一回受けてみて、どんなものかわかったから」

「で……でもだって、タカくん、全国で十位だったでしょ？」

「そう。自分の実力がわかったから、もういいよ」

「…………」

言葉を失っている女子生徒に「話はそれだけ？」と確認する。

「あ……う、うん」

「じゃあ、これで」

待たせていたみちるを「行こう」と促して、峻仁は廊下を歩き出した。みちるが後ろをちらちら振り返り、「いいの？」と訊いてきた。

「なにが？」

「まだ見てるよ、あの子」

「いいよ」

これでまた「冷たい」とか「クール」とか陰で言われるかもしれないが、そんなの別にどうでもいい。女子のなかでの自分の評判に興味はなかった。それは女子だけに限らないが。

学校の人間関係においては、だれに対しても分け隔てなく一定の距離を置く。

それが峻仁のやり方だ。小・中・高と学校生活を過ごしてきて、これがベストだと学んだ。

特定のだれかと仲良くすれば、そっちとだけ仲良くしてズルいとやっかまれたり、意味不明な独占欲を発揮されたり、「タカくん派」と「キヅくん派」の派閥争いが起こったりと面倒が生じる。

小学校時代は、まだそのあたりがよくわからなくて、結構痛い目に遭《あ》った。

それを教訓に、中学ではだれに対しても公平な態度を徹底することにした。

唯一無二の例外が「神山みちる」で、そのみちるは「幼なじみだから特別」ということにしてしまえば、「そんなものか」と納得してもらえた。

なかには自分たちを「不釣り合いだ」と見なす者もいるのは知っている。それが原因でみちるがいじめられたこともあるし、わざわざ「きみの成長のためには、もっと釣り合いの取れた友達を作るべきだ」と忠告されたこともある。

余計なお世話だ。

峻仁が知る限り、みちるほど純真で聡明な人間はいない。そのぶんバランスを取るように、神様は彼に人並み以上の不器用さを与えた――と峻仁は思っている。希月も同意見だ。

それでも高校は中学ほど、みんなが絡んでこないので楽だった。スクールライフの生命線であるSNSをやらず、オンラインの輪に入らなければ、人間関係のいざこざに関してほぼ蚊帳《かや》の外でいられる。

放課後のイベント関連も「親が門限に厳しい」という言い訳で断り続けていたら、最近は前ほどしつこく誘われなくなった。

「タカ、校外模試もう受けないんだ?」

みちるが、すでに終わった話題を蒸し返してくる。

「受けないよ」

なにごとも自分で経験してみてから判断する、というのが峻仁のポリシーだ。

人一倍、好奇心が強い自負もある。昔からそうだった。父が言うには、赤ん坊のころからだそうだ。

その好奇心を満たすために、とりあえずどんなものかと、校外模試を受けてみた。結果、最難関大学に合格圏内だとわかり、「なるほど、こういうものか」と納得したので、二度目を受けるつもりはなかった。

クラスメイトは少しでもレベルの高い大学を目指そうと躍起《やっき》になっているが、峻仁はその競争にあまり魅力を感じない。

というか、どんなことにも夢中になれない。熱くなれない。好奇心は強いけれど、満たされるとすぐに冷めてしまう。

成績は学年で常時三位以内をキープ。運動能力こそ兄の希月に後塵《こうじん》を拝《はい》しているが、人間に負けたことはなかった。

もっとも、どちらも本気は出していない。人狼である自分が持てるポテンシャルを百パーセント発揮したら、大変なことになってしまう。

日本では百年以上前に絶滅した狼。

その血を引く神宮寺一族に生まれつき、物心ついたころから、本来の力をセーブすることをプライオリティの一番としてきた。本当の自分を隠し続けてきた。

そうしないと、人間のなかでは生きていけないから。

人と共存していくためにはそうするしかないのだ。

幼少時から叩き込まれ、身につけてきた抑制心によって、いまのところは疑われることもなく、すべてがうまくいっている。

適度に空気を読んで、格別浮くこともなく、これといったアクシデントもトラブルもない。

平穏無事で、それゆえに単調な高校生活。

ほどほどに幸せで、退屈な日常。

本当の自分を隠して、狼の本能を抑え込み、息をひそめる日々。

(これって……いつまで続くんだ?)

なじみ深い問いかけが、ふっと浮かんだ。

高校が終わるまで? 大学を卒業するまで? じゃあ、その先は?

わからないけれど、自分が人狼である限りは続くはずだ……。

永遠に。

(やばい)

この思考回路にはまると、気分が落ちるパターンなのはわかっていたので、あわててふるっと頭を振った。不毛なスパイラルから抜け出すために、傍らのみちるに話しかける。

「みちるこそ、理数系だったら五位以内は固いだろ？」

「うーん……わかんない」

みちるは曖昧《あいまい》な表情を浮かべ、言葉を濁した。

自分に勝てるとしたら、それはみちるだけだ。ただし、みちるは得意な教科とそうでない教科の差が激しく、そのせいで校内テストの総合順位は目立つほどじゃない。三十位からギリギリ零《こぼ》れないレベルだ。でも、教科別なら全国で五指に入るはず。

だけどみちるは前回、峻仁が誘ってもかたくなに模試を受けなかった。たぶん突出した成績を出して、悪目立ちしたくないんだろう。

スタンスは峻仁と似ているが、その理由は異なる。

極端にプレッシャーに弱いみちるは、学校から過度な期待をかけられるのが怖いのだ。

この学園は、勉強にせよスポーツにせよ、結果を出す人材を「広告塔」と捉える向きがあるので、あながち杞憂《きゆう》とも言えない。

峻仁と双子の兄の希月、そしてみちるが通う『明光学園《めいこうがくえん》』は、区内でも一番の歴史を誇る私立高校だ。峻仁の母も、そして母の一学年下の峻王《たかお》叔父もこの高校の卒業生。文武両道を謳《うた》うだけあって、有名大学への進学率が高く、またスポーツではインターハイで活躍する生徒も多い。

進学コースとスポーツコースに分かれているが、三人が通うのは進学コースだ。なかでも「特進」と呼ばれる成績上位三十名のクラスに属している。

もうひとりの特進メンバーであり、峻仁の双子の兄であり、みちるの幼なじみでもある希月は、五時限目の終業ベルと同時に教室を飛び出し、体育館へすっ飛んでいってしまった。

希月は高校からバスケ部に入ったのだ。当たり前のようにすぐレギュラーを取り、一年にして不動のエースとなった。とはいえ、持てる力のすべては出していない。せいぜいが半分くらいだ。

希月が部活を始めたとき、峻仁は「なんで？　本気出せないのに意味ないだろ？」と訊いた。

それに対して希月の答えは、「みんなとバスケやるのが楽しいから」。

「たとえ全力出せなくても、体動かすの好きだし、仲間と部活すんの楽しいし」

こういうところは、双子でも、自分と兄はかなり性格が違うと思う。

おそらく希月は、ずっと運動部に入りたかったのだろう。ただ中学時代は、まだセーブする能力が不安定だったため、祖父や大叔父から許可が下りなかった。

それが高校になって解禁になったとたん、タガが外れたみたいにバスケ浸けの日々が始まった。

みちるは、希月と一緒に帰れなくなって寂しそうだ。小学校、中学校と放課後はいつも三人で、どこかへ寄り道するのも一緒だったから、その気持ちもわからなくもない。

だから、みちるが寂しくないように、せめて自分は一緒に帰るようにしている。

峻仁にも文化系のクラブに入るという選択肢はあったし、実際よく勧誘されるのだが、全部断っていた。部活動をすれば、どうしたって部活仲間と一緒に過ごす時間が増えて距離が近くなる。

それは好ましくなかった。自分は希月みたいに人間関係に器用じゃない。

だれかを近寄らせれば、きっとあとで苦しくなる……。

自分には、片割れである希月と、みちるさえいればいい。

（そのみちるにすら、人狼であることは秘密だけど……）

それは仕方がない。秘密がばれたら、たったひとりの親友すら失ってしまう。

そんなことをつらつらと考えているうちに昇降口に辿り着く。下駄箱の蓋を開けた峻仁は、ローファーの上にピンク色の封筒が載っているのを認め、つと眉をひそめた。

いまどき下駄箱にラブレターなんて前時代的だと思うが、自分はよほどのことがない限りメールアドレスを教えないので、こうするしかないのだろう。

この手の女子からのアプローチは、小学校時代から引きも切らなかった。

断り続けているのに途切れないのは、だれのものにもならない、だれにもなびかないと評判の自分を振り向かせたいという心理も働くからなのか、そのあたりはよくわからない。

一度も話したことがないのに「タカくんが大好きです！」と書いてくる心情も理解できない。

クラスメイトのなかには「いいよなー、モテモテで。やっぱルックスいいと得だよな。ただ黙ってるだけでクールとか言われてさー」などとやっかんでくるやつもいる。

自分の顔立ちについては客観的には評価できない。ただひとつ言えるのは、両親のどちらにもあまり似ていなくて、強《し》いていえば祖父似かもしれない。逆に希月は、両親を足して二で割った感じだ。つまり自分たち双子は、性格も顔も似ていない。

見た目だけで好きになる感覚はわからないけれど、それでも、もらった手紙にはきちんと目を通すし、放置せずに返事もちゃんと本人にする。

泣かれたり、諦められませんと粘られたり……正直かなり面倒だけど、男としての最低限の礼儀だと父に言われているので、マイルールとして自分に課している。

手紙ではなく、面と向かって告白された経験も多数あるが、心が動いたことは一度もなかった。

どうやらそれは希月も同じらしい。彼女ができた様子はないのでわかる。

自分たちの場合、とりあえずつきあってみるという選択肢はなかった。

恋人としてつきあうなら、それは「運命の相手」だ。

自分たちが異形《いぎょう》のものと知って、それでも受け入れてくれる相手。

このひととならば、一生添い遂げられると思える相手。

そんな運命の相手はなかなか現れない。

母も叔父も高校生のときに、生涯の伴侶である〝つがい〟に出会ったという。

狼の繁殖期は冬。

そういった意味では、高一の冬を迎えた自分も希月も、いつ巡り会ってもおかしくはないのだが……。

自分にも希月にも、まだ発情期は訪れていない。

発育が遅いんじゃないかと心配したこともあったが、祖父いわく「時期はそれぞれ」なのだぞうだ。叔父は早かったたし、母は遅かったらしい。祖父も十八だった。

(母さんは、父さんに会った瞬間にわかったって、言ってたよな)

会った瞬間に「わかる」って言われてもぴんとこない。「それってどんな感じ?」と食い下がったら、母は少し困った顔をして「言葉では説明できない」と言った。

「とにかく会えば《匂い》でわかる」

自分たち人狼は嗅覚が発達しているけれど、遠くまで鼻がきくのとは、それはまた別の感覚らしい。

「体全体が、その《匂い》にどうしようもなく反応しちゃうんだ」

(自分でもコントロールできないほどの反応……)

意味がわからない。子供のころから訓練してきたから、自分を制御するのは得意だ。幼少期はちょっとした弾みで半獣化してしまうこともあったけれど、少なくとも中学以降で、自分がコントロールできなかったことはない。

この先、そんな瞬間が自分にも訪れるのか?

なんだか信じられないけれど……。

「………」

ふっと小さく息を吐き、ピンクの手紙をスクールバッグにしまう。

「今日、どこか寄っていく?」

「本屋に寄りたい」

靴を履き替えながら、みちるが答える。

「了解。俺もちょうど欲しい本があったんだ」

ローファーに履き替えた峻仁は「行こう」とみちるを促した。昇降口に立つと、雪はまだちらちらと降り続けている。

うっすら雪が降り積もった校庭に、無数の白い欠片《かけら》が舞い落ちる様を見ていたら、なんだか背中がむずむずしてきた。

「寒そう……」

となりでうんざりした声を出し、みちるが傘を開く。

「あれ？　タカ、傘は？」

「これくらいの雪、差すほどじゃないよ」

言うなり、峻仁は傘を差さずに校庭へと飛び出した。

顔に降り注ぐ雪の冷たさが気持ちいい。

いつになく気分が高揚《こうよう》しているのを感じる。

雪を見ると、初めて雪山を狼の姿で走り回った遠い日の記憶が蘇《よみがえ》ってくる。

ここが学校じゃなかったら、校庭を走り回りたい気分だった。

四日前に月が満ち、少しずつ欠け始めているけれど、きっとまだ満月の余韻が残っているのだ。

自分たち人狼は、月の満ち欠けに体内バイオリズムを大きく左右される。人間もある程度は影響を受けるらしいが、人狼はその比ではない。

満月の前後は、不眠不休で二十四時間活動できるパワーが漲《みなぎ》る。とりわけ冬場はその力が強化されるようだ。

しかしだからこそ、よりいっそうの自制が求められる。

うっかり人外の力を出してしてしまわないように。

絶対に、人前で『変身』してしまわないように。

自分に言い聞かせながら、だれにも聞かれない心のなかで叫ぶ。

一度でいいから、すべての枷《かせ》を外してしまいたい！

なにもかも振り捨てて自由になりたい――！

「タカ！」

自分を呼ぶ大人の男性の声に、びくっと肩を震わす。振り返った峻仁の視線が、一階の窓から身を乗り出している人物を捉えた。

「侑希《ゆうき》ママ……じゃなくて立花《たちばな》先生」

眼鏡の男性と目が合った瞬間、条件反射のように、胸のなかにあたたかい感情が満ちる。

峻仁が眼鏡の男性に向かって歩き出すと、みちるも後ろからついてきた。

全開にした窓まで歩み寄ったところで、男性が話しかけてくる。

「これから帰るところか？」

穏やかな笑顔が印象的な男性は立花侑希。峻仁の母方の叔父である神宮寺峻王のパートナーで、明光学園の教諭だ。峻仁たち一学年の学年主任でもある。

「立花先生、こんにちは」

みちるのあいさつに、立花が「こんにちは、みちるくん」と返した。立花は、人見知りが激しいみちるが普通に話せる、数少ない大人なのだ。昔から知っているせいもあるし、だれに対しても分け隔てがない立花の人柄のせいもあるだろう。

みちるから視線を移した立花が、峻仁の髪やまつげにくっついた雪を見て顔をしかめた。

「傘、持ってるんだろ？」

「持ってるけど……」

「持っているなら使いなさい。風邪を引いたらどうするんだ」

立花にたしなめられた峻仁は、仕方なくスクールバッグのなかから傘を取り出す。

「侑希ママ」は相変わらず過保護だ。

双子が小学校に上がるまで、賀門一家は、母の実家である神宮寺の屋敷で暮らしていた。峻仁と希月が生まれたときにはすでに、立花は離れに叔父と住んでおり、その後は家族同然の同居生活が長く続いた。

祖父と大叔父、叔父とそのパートナーの立花、両親と自分たち双子という総勢八名の大家族のなかで、峻仁は特に立花に懐き、「ママ、ママ」とその後ろをついて回った。あまりに立花にべったりだったので、周囲にも「タカは立花先生の子供みたい」と言われていたらしい。

峻仁にとって、立花は長いあいだ「特別」な存在だった。

でも、あるとき気がついた。

どんなに大好きでも、自分は立花にとっての特別にはなれない。

立花の特別は、叔父だから。

ふたりは種族の違いを超え、運命によって固く結びついた〝つがい〟で、一生離れることはない。


じゃあ、自分の〝つがい〟は？

峻仁が自分の「運命の相手」について考えるようになったのは、そのときからだ。

いつか自分にも運命の相手が現れるとしたら、それはどんなひとなんだろう。

母さんが言うように、《匂い》でわかるんだろうか。

母さんが父さんに出会って駆け落ちしたみたいに、そのひとに会ったら、自分の人生も変わるんだろうか。

自分の〝つがい〟については、高校に入ったころから折に触れて考えてきたが、ここ数日はとりわけ頻繁《ひんぱん》に脳裏に浮かぶようになった。

さっき考えたばかりなのに、いまもまた考えている。

この広い世界のどこかにいる運命の〝つがい〟のことを考えると、胸がざわざわして落ち着かなくなる。

どこにいるんだろう。いつ会えるんだろう。

早く会いたいような……会うのはまだ怖いような……。

背中のむずむずと胸のざわつきを持て余していた峻仁は、ふと、立花が自分をじっと見つめていることに気がついた。

「……なに？」

立花がレンズの奥の目をじわりと細める。

「いや……このところ急に大人びた顔つきをするようになった気がしてな」

「別に変わってないよ」

「そうか？」

「うん、気のせいだって」

峻仁が言い返すと、立花は小さく笑った。

「……気のせいか」

なぜか寂しそうにつぶやいてから、気を取り直したように眼鏡を中指で持ち上げる。峻仁とみちるを交互に見て、教師らしい台詞《せりふ》を口にした。

「雪が降ってるからな。あまり寄り道をせず、暗くなる前に帰りなさい」

2

車内で対象者を待つ男たちのあいだには、かれこれ一時間近く、会話がなかった。

閑静な住宅街の一角に横づけたワンボックスカーのなかに、じりじりとした苛立ちだけが充満していく。

助手席のアーサーは、ダッシュボードの時計にちらりと視線を走らせた。

（そろそろ五時間か）

深夜にコッツウォールド空港からプライベートジェットで発ち、羽田《はねだ》に着いたのが早朝。

来日したアーサー、エドガー、ウルフガングの一行は、空港からタクシーを使い、事前に手配してあった週貸しの一軒家へと向かった。滞在先をホテルにしなかったのは、周囲の目を考慮してのことだ。ホテルは不特定多数の人間が利用するし、スタッフの目もある。

来日の目的を思えば、人目はなるべく避けたかった。

その後、レンタカーの営業所に向かい、やはりインターネットで予約済みのワンボックスカーを借りた。外から車内が見えづらいスモークガラス仕様のワンボックスカーだ。

そのワンボックスカーで、この住宅街に乗り入れた。

目的の家から少し離れた一角が、遊休地を利用した無人コインパーキングになっていることも事前に調査済みだった。こればかりは運を天に任せるしかなかったが、現場に着いてみると幸運にも、パーキングに空きスペースがあった。しかも目的の家の玄関が見える好位置だ。

神に感謝してワンボックスカーを駐めた。この幸運により、長時間の路上駐車を近隣住人に見《み》咎《とが》められ、通報されるリスクはなくなった。

運転手のエドガーがエンジンを切り、態勢が整ったところで、対象者が現れるのをひたすら待ち続ける持久戦が始まったのだが――。

「……出てこないな」

ついに痺れを切らしたらしいウルフガングが、後部座席から苛立った声を発する。黒のタートルネックセーターに黒のダウンジャケット、黒のボトムという出《い》で立ちだ。

「はじめから持久戦は覚悟の上だろう」

運転席のエドガーが冷静な声音で応じた。こちらも全身黒尽くめだ。

「まぁ、そうだが……あの家に住んでいるのは確かなんだよな」

「それは間違いない」

エドガーが答える。

【イヴ】を略奪するための事前調査を請け負ったのはエドガーだ。

アーサーの脳裏に、エドガーの報告が蘇る。

『十七年前の襲撃のあと、【イヴ】――神宮寺迅人《はやと》は女性化して双子を出産した。双子の父親は、賀門士朗《しろう》。十七年前の襲撃に際して、エイドリアンとコンラッドを殺害した男だ』

兄のコンラッドを殺害されたウルフガングが低い唸《うな》り声を発した。

『この賀門士朗と神宮寺迅人は男同士でありながら〝つがい〟関係にあるようだ。長老が【イヴ】の《匂い》を嗅《か》ぎつけたときには、すでに賀門の子供を身ごもっていたらしい。かつてオズワルドと恋仲にあったレスリーが、一族存続の危機に瀕して女性化し、出産したのと同じケースだな』

出産後、神宮寺迅人は賀門の籍に入って賀門迅人となり、ふたりは実質的な夫婦として、双子を育てた。

子供が小さいうちは神宮寺の屋敷に、祖父や叔父、弟などの身内と暮らしていたが、十年前に家を建てて独立。

その家が、いままさにアーサーたちが見張っている一軒家だ。

エドガーの報告によると、賀門士朗は会社勤めなどはしておらず、自宅でトレーダーをしているようだ。迅人も基本は、夫の仕事のサポートをしながら家にいる。とはいえ、ずっと家に籠もりっぱなしということもないだろう。買い物などで外出するはずだ。

玄関を見張っていれば、いつかは必ず出てくる。

(だが……そろそろ陽が翳《かげ》ってきた)

冬の日は短い。陽が落ちて暗くなればどうしたって対象者が見えづらくなる。暗闇は攫《さら》うには好都合だが……。

「もしかしたら、すでに外出中かもしれないぞ」

「だとしても、そのうち帰ってくる」

「もし旅行に出ていたらどうするんだ」

「旅行から帰ってくるのを待つしかない」

「旅行だったら何日もかかるぞ」

「その場合は交代で見張る。そのために三人いるんだ」

あきらかに集中力が切れていちゃもんをつけ始めたウルフガングと、そのいちゃもんに淡々と応じるエドガーのやりとりを耳に、アーサーは腕組みをして賀門の家を見つめていたが、不意に腕を解いた。

「シッ」

ふたりがぴくっと身を震わす。

「だれか出てくるぞ」

注意を促すアーサーの声に、エドガーが表情を引き締め、ウルフガングもシート越しに身を乗り出した。

三人が注目する先で、玄関のドアが開き、なかからすらりと細身の男性が現れる。薄茶の髪に白くて小さな顔。遠目にもすっきりと整った目鼻立ちをしていることがわかる。ハーフ丈のダウンジャケットを羽織り、肩にはトートバッグをかけていた。近所のスーパーマーケットに買い物にでも行くようなラフなスタイルだ。

「……【イヴ】だ」

エドガーが押し殺した声を落とす。冷静沈着な男にはめずらしく、細い目が大きく見開かれ、興奮しているのがわかった。

「ああ……【イヴ】だ」

ごくりと唾を呑み込んだあとで、ウルフガングが同意する。彼の声からも隠し切れない高揚が感じ取れた。

エドガーとウルフガングは、十七年前の襲撃に参加して【イヴ】の顔を見ている。そのふたりが言うのだから、間違いないだろう。

(あれが……【イヴ】)

当時二十歳になったばかりで一族の最年少だったアーサーは、襲撃に加わるのは早すぎるという長老オズワルドの判断で、英国に居残りを命じられた。自分も参加したいと再三申し立てたが、最後まで許可は下りなかった。

従って【イヴ】を見るのは初めてだったが、十七年前のゴスフォードの屈辱に関しては、生き残った仲間から、怨嗟《えんさ》の声を繰り返し聞かされてきた。

一族の男たちが命を賭してまで欲した存在。

多大な犠牲を払うも、結局は手に入れることの叶わなかった存在。

その【イヴ】を前にすれば、もっと身の内側からふつふつと沸き立つものがあるかと思っていたが……。

意外にも冷静な自分を認めつつ、アーサーは【イヴ】を観察した。

身長もさほど高くないし、見るからに華奢《きゃしゃ》で軽そうだ。あれならば、意識さえ奪うことができれば、ふたりで簡単に抱えてこられるだろう。幸いなことに周囲に人影はない。

「出るぞ」

アーサーの声掛けにウルフガングがうなずく。段取りは打ち合わせ済みだ。

「エドガー頼むぞ」

「ああ、エンジンをかけて待っている」

黒いロングコートの裾を翻《ひるがえ》してワンボックスカーを降りたアーサーとウルフガングは、門を出て歩き出した【イヴ】のあとを追った。

「まずは私が行く。おまえはここで待て」

日本の住宅街で身長の高い外国人の男が並んでいれば目立つし、警戒される。

「了解」

ウルフガングがすっと横道に逸《そ》れた。

ひとりになったアーサーは、夕闇に紛れ、対象者との距離をじりじりと慎重に詰めた。

獲物を狙う狩りの要領だ。

ラバーソールのエンジニアブーツは靴音が立たない。【イヴ】は背後を振り返ることなく、まっすぐ前を向いて歩いている。いまのところ、後ろから静かに迫る捕食者の存在に気がついていないようだ。

獲物に近づくにつれて違和感を覚えたのは、むしろアーサーのほうだった。

(《匂い》が……しない)

眉根を寄せる。

視線の先の対象者からは、【イヴ】が発するはずの《匂い》がない。

アーサーは【イヴ】に会ったことはなく、その《匂い》も知らない。だが知らずとも、会えばおのずと「わかる」自信があった。

遠からず我が子を宿すメスの《匂い》を、自分ならば嗅ぎ分けられるはずだった。

だが前を歩く【イヴ】からはなにも感じ取れない。

アーサーの嗅覚が捉えたのは、まずは同族の《匂い》。

目の前の男が人狼であるのは、《匂い》からも間違いなかった。

しかしそれは、自分たちと同じただのオスの《匂い》だ。

覚えず、アーサーは足を止めた。

(ひょっとしてもう……【イヴ】ではないのか?)

可能性はある。【イヴ】が双子を産んで十六年以上が経《た》っている。

その間、【イヴ】は妊娠していない。

それは、すでに彼が【イヴ】としての能力を失ってしまったからではないのか？

もともと【イヴ】は人狼のなかでも特異体質であり、その妊娠出産は、多種多様な要因が重なり合った際に、まれな確率で起こるイレギュラーだ。なかには、自分が【イヴ】であることに気がつかぬまま、生涯を終えるものもいるという。

十七年前の【イヴ】には、みずからが子供を宿さなければならない、やむにやまれぬ事情があったのだろう。たぶんそれは、神宮寺一族の存続にかかわる一大事だったはずだ。

切実な必要性に迫られた結果、眠っていた能力が目覚め、妊娠した。

かくして一族の危機は過ぎ去り、以降の平和な時間が、彼の【イヴ】としての能力を退化させてしまったのかもしれない。

（その可能性は高い）

【イヴ】はもう……存在しない？

導き出された結論に、足許からひたひたと冷気が這い上がってくるのを感じた。

ゴスフォード存続への道に残された、ただひとつの希望。

それがいま……失われようとしている。

（……神よ）

斜がかかったように視界が暗くなっていく感覚に、アーサーは奥歯をぐっと噛み締めた。

我々は遅きに失したのか？

救世主【イヴ】を得る機会を永遠に失ってしまったのか。

視界を覆う闇は、現実に迫りつつある夕闇よりも一段と暗かった。

コツコツと迅人の足音が遠ざかっていく。そのほっそりとした後ろ姿も夕闇に溶け込んで消えかかっていた。

「どうした？」

押し殺した声が聞こえる。振り向くと、ウルフガングが立っていた。凍りついたように立ち尽くすアーサーと、離れていく迅人に焦燥《しょうそう》を覚えて近づいてきたのだろう。

「なにをぼーっと突っ立ってるんだ！　アーサー！」

仲間の苛立った表情を無言で見つめ、残酷な真実を伝えるか否か、迷っていたときだった。

「………っ」

異変を感じたアーサーは顔を正面に戻した。

十ヤードほど先で【イヴ】が足を止め、だれかと話をしている。相手はまだ年若い男だ。黒っぽい制服のようなものを着て、首にマフラーを巻き、肩には四角いバッグをかけていた。

十代と見て取れる年齢と、ふたりの親しげな様子から推測するに、おそらくは【イヴ】の息子。

双子の片割れに違いない。

少しのあいだ、道端で会話を交わしていたふたりは、やがて手を振り合って別れた。

歩き去っていく【イヴ】と入れ替わりで、若い男がこちらに向かってくる。

アーサーはとっさに片手で「隠れろ」と合図をした。ウルフガングが離れたのを確認して、ひとり男に向かって歩き出す。

カツカツ、コツコツ……。

夕暮れの住宅街に、足音だけが響いた。

【イヴ】の息子が近づくにつれて、その顔かたちがはっきりしてくる。

顔の小ささと肌の白さは母ゆずりか。歩くたびにさらさらと揺れる絹《シルク》の黒髪。凛と細い眉。切れ長の双眸。雨に濡れた石のようにしっとりとした艶を放つ黒い瞳。

男にしてはおそろしく美しい顔立ちをしていたが、類いまれな美貌よりもアーサーを揺さぶったのは、彼が放つ《匂い》だった。

まだ発情期も来ていない、若い人狼特有の《匂い》。

固い果実の青さのなかに、かすかに混じる特別な《匂い》。

初めて嗅いだ《匂い》だったが、それがなんであるかは本能で理解した。

――【イヴ】の《匂い》だ。

ドクッと鼓動が跳ねた。

はじめは集中してやっと嗅ぎ分けられる程度だった《匂い》が、若い男との距離が縮まるに従

い、どんどん濃くなってくる。《匂い》に反応して、アーサーの体も熱を帯びてきた。

全身がうっすらと汗ばみ、心臓の音もドクドクと煩《うるさ》いほどだ。

自分がいつになく昂《たかぶ》っているのを感じ、意識的に興奮を抑え込む。自分が同族であることを相手に覚らせないよう、人狼としての「気配」を殺した。

まだ若くて経験値の低い人狼は、同族を嗅ぎ分ける力も未熟なはずだが、わずかでも警戒心を抱かせるのは得策ではない。

俯《うつむ》き加減に近づいてきた若い男が、すれ違い様に、すっと顔を上げた。吸い込まれそうな黒い瞳と目が合う。

「……………ッ」

刹那《せつな》、雷《いかずち》に打たれたがごとく、アーサーの体はびりびりと震えた。

指先まで震える衝撃のなかで確信する。

間違いない。

この若い人狼は母狼の遺伝子を引き継いだ――【イヴ】だ。

いますぐ若い人狼に飛びかかりたい衝動を抑え込むために、アーサーは抑制心を総動員しなければならなかった。

腹筋に力を入れ、振り返りたい衝動と闘いつつ、歩き続ける。

距離が開くにつれて【イヴ】の《匂い》も少しずつ遠ざかっていき、やがて足音が止まった。

キーッと門が開く。

（どうする？　奪うか？）

背中で【イヴ】の気配を窺いながら思案を巡らせた。

強引に奪いに行って、家の前で騒がれたら、父親や周辺の住民が出てくるかもしれない。

（この件に関して失敗は許されない）

今日のところはいったん引き上げ、確実に略奪を成功させるために策を練り直すべきだ。

ギィ……パタンというドアの開閉音を耳殻《じかく》が捉えた直後、アーサーは踵《きびす》を返した。

来た道を大股で駆け戻ると、向こうからウルフガングが血相を変えて走ってくる。顔を合わせたとたんに「なにをやってるんだ！」と責め立ててきた。

「【イヴ】はどうした？　なぜ追わない！」

母狼が去った方角をオーバージェスチャーで指し示す。

「あれはもう【イヴ】ではない」

「は？　どういうことだ？」

「説明はあとだ。車に戻ろう」

納得のいかない表情のウルフガングを引っ立て、アーサーは駐車場まで戻った。ワンボックスカーに乗り込むやいなや、エドガーが「どうなっている？」と身を乗り出してくる。

説明を待つふたつの顔を前に、アーサーはまだ体に生々しく残る余韻を噛み締めた。

【イヴ】の《匂い》を嗅いだ瞬間の、びりびりと全身が震える感触。

いっときは絶望したが、神は我々を見捨てていなかった。

年若い【イヴ】の出現は、まさしく闇に差し込む一条の光だ。

「ターゲットを変える」

「ターゲットを変える?」

「どういう意味だ?」

意味がわからないといった顔つきの仲間に、アーサーは告げた。

「詳しくは戻ってから話す。とりあえず撤収だ。あまり長くここにいると怪しまれる」

⁂ ⁂ ⁂

「ただいま」

玄関でひとりごちて、峻仁はローファーを脱いだ。

あいさつに応答はない。父は出かけていて、希月はまだ部活から帰ってきていない。

かくいう峻仁も、今日は少し遅くなった。みちると一緒に学校の図書室に寄ってきたせいだ。母が留守なのはわかっている。さっき道で会い、立ち話をしたばかりだ。

室内に足を上げた峻仁は、マフラーを首から外していた手を、ふと止める。

道からの連鎖で、脳裏に、つい先程すれ違った男の顔が浮かんでいた。

夕陽を背負って歩いてきた長身の男。

男が外国人であることは、夕闇のなかでもわかった。背が高いだけでなく、頭身も異常に高かったからだ。それに、逆光でもディテールがくっきりわかるくらいに顔の彫りが深かった。

これまで見かけたことのない顔だから、付近の住人でないことは確かだ。このあたりは住宅街で、観光客が紛れ込むような場所でもない。となれば、だれかの家を訪ねてきたのだろうという推測が成り立つ。

男が近づいてくるに従い、服装もはっきりしてきた。黒いタートルネックに黒のロングコートを羽織り、ボトムも黒という黒尽くめ。足許も黒のエンジニアブーツで、髪の色も黒に近い焦げ茶色だった。

全身黒一色のコーディネートのせいか、威圧感がすごかった。

見知らぬ人をじろじろ見ては失礼だと思い、なるべく目を合わさないようにしていたが、恵まれた体格から発せられる特別な「気」はビリビリと感じていた。

すれ違った瞬間、我慢できずに顔を上げてしまい、目と目が合った。

刹那、全身をびりっと貫いたのは微弱な電流。

冬場に不用意に金属に触れたときの静電気にも似た——痺れ。

(あれは……なんだったんだろう)

男の顔を見たのは一瞬だった。

でもほんの一瞬でも、その風貌は眼裏《まなうら》に焼きついている。

秀でた額と高い鼻梁、少し傲慢そうな眉。肉厚の唇。映画俳優のような顔立ち。

だがなによりも印象的だったのは琥珀色の瞳だ。

まるで獲物を狩る捕食者のような目。

あそこまで眼力が強い人間は、滅多《めった》にいない。純粋な人間ではまず見たことがなかった。峻仁の周りでさっきの男に匹敵するのは、叔父の峻王くらいだろうか。

(年齢も同じくらい?)

玄関から続く廊下に佇み、つらつらと考えを巡らせていた峻仁は、つと眉根を寄せた。

たった一瞬すれ違っただけの人間について、あれこれと考えている自分に違和感を覚えたからだ。

どうせ二度と会わないのに。

(意味がない)

そう結論づけて、トントンと階段を上がり、二階の自室に向かった。二階には三つの部屋がある。一室は父の仕事部屋で、残りの二部屋が峻仁と希月の部屋。母の部屋と両親の寝室は一階にあった。

子供のころは、兄と一緒の子供部屋を使っていた。部屋が分かれたのは中学に上がってからだ。向かい合わせのドアのひとつを開けて、なかに入る。壁に書架がひとつ、そのとなりにステンレス製のシェルフがひとつ、窓際にデスクと椅子、反対側の壁際にベッドがひとつ。以上が六畳間の構成要素のすべてだ。

高一男子の部屋にしては、片付いているほうだと思う。部屋が雑然とするのがいやなので、余計なものははじめから置かないし、飾ったりもしない。

兄の部屋は、もっと人間味がある。高一男子らしく、ゲーム機だのバスケ雑誌だの漫画だのがあちこちに散らかっていて、常日頃、母に「出しっぱなしにしないで、片付けなさい！」と叱られている。

詰め襟の制服を脱いだ峻仁は、カットソーの上に薄手のセーターを重ねて、スキニータイプのボトムを穿《は》いた。スマートフォンを腰のポケットに差し入れる。

その後、脱いだ制服をきちんとハンガーにかけ、クローゼットにしまった。この制服も兄はいつも脱ぎっぱなしにして、しょっちゅう母のお小言を食らっている。

パタンとクローゼットのドアを閉め、腰ポケットからスマートフォンを抜き出した。

「……四時五十分か。キヅのやつ……遅いな」

今夜は六時から、母の実家の神宮寺の屋敷で、食事会の予定が入っている。

年に数回、神宮寺一族とその身内が集まって食事をするのは、賀門一家が独立してから行われるようになった定例行事だ。一堂に会して飲み食いをすることによって、結束を深める意味合いがあるらしい。

今年の正月は海外で年末年始を過ごしたメンバーがいて、全員が揃《そろ》わなかった。多忙なみんなの都合がやっと合ったのが今日で、少し遅めの新年会となったのだ。

父はその準備で昼過ぎから屋敷に詰めており、母も手伝いのためにさっき出かけていった。

道で会った母には、「遅刻しないようにキヅを引っ張ってきて」と頼まれていた。

前回、希月が部活が延びて遅刻したので、またやるんじゃないかと心配しているのだ。

祖父を筆頭に年長者が揃っている場に、一番の年少者が遅刻するのは非常に気まずい。

今朝、母は希月に、五時には神宮寺の屋敷に顔を出して手伝いをするよう念を押していた。

……なのに、この始末だ。

万が一、忘れている可能性も捨て切れず、希月の携帯に電話をかけた。三コールで繋がる。

「もしもし？　キヅ？　俺だけど」

『タカ？　いま走ってるとこ。あと五分で着くから！』

かなり焦《あせ》った声が返ってきた。

「わかった。早くしろよ」

釘を刺して携帯を切る。

「……しょうがないな」

ため息が漏れた。昔から、希月はひとつのことに熱中すると、周りが見えなくなってしまうところがある。そのぶん集中力が半端なくて、そういったときの希月には敵《かな》わないのだけれど。

果たして五分後、希月が玄関から飛び込んできた。

「やべー、遅刻するっ」

ダダダダッと大きな足音を立てて二階に上がってきて、自分の部屋に入るなり、スクールバッグとスポーツバッグをベッドの上に放り投げる。チャックが半分開いていたスポーツバッグのなかから、部活のユニフォームやTシャツ、靴下が零れ落ちた。

「汚れ物、あとで洗濯機に入れろよ。また母さんに怒られるぞ」

峻仁の忠告をスルーして、ものすごい勢いで制服を脱ぎ出す。

上半身裸、パンツ一枚になった兄を、峻仁は開け放たれた戸口に寄りかかって眺めた。

すらりと長い手脚と、発達した上半身。引き締まった下半身。しばらく見ないうちにまた筋肉がついたようだ。

身長も高校に入って十センチ近く伸びた。成長痛がひどく、毎日「いてー、いてー」と悲鳴をあげていた。現在、百七十五センチの自分との差は八センチ。

子供のころから希月のほうが体が大きくて、でも中学で追いつき、一時期は同じ身長になった。

それがまたじわじわと引き離され、高校でついに兄は百八十の大台に乗って、自分をグンと突き放した。

ここまで差がついてしまうと、もはや張り合おうという気にもなれない。

たぶん兄は、身長に関しては長身の父や叔父の遺伝子を受け継いだのだ。自分はおそらく母や祖父に似た。

(だから仕方がない)

長袖のカットソーを頭から被《かぶ》り、そのへんに落ちていたカーゴパンツを穿いた希月が、さらにフードつきのパーカを着て、ジッパーをジャッと上げる。

「おっし、完了!」

くるっと振り返り、峻仁に向かってニッと笑った。

少し癖のある栗色の髪と明るい色の瞳、やんちゃっぽい雰囲気は子供のころから変わらない。でも体つきが大人びてきたのに歩調を合わせ、顔つきも男っぽくなってきた。ここ最近は体臭も変わり、急に男臭くなった。

朝、洗面所で髭を剃っている希月に父の面影を見て、複雑な気分になる。

自分はこの年になっても髭が生えず、もしかしたら男性ホルモンが足りないんじゃないかとひそかに気にしているのに、兄はひとり先に大人の男への階段を上ろうとしている。

同じ父の血を継ぎ、同じ母から同じ日に生まれて(数分の差で弟になったとはいえ)、条件はまったく同じはずなのに、成長の度合いが異なるのは不公平だ。

「お待たせ！」

悪びれない様子で峻仁の二の腕をパンッと叩いた希月が、腕時計を見て顔をしかめる。

「やっべ。間に合わねぇよ。こりゃ完全に遅刻だな」

「だれのせいだよ？」

文句を言う峻仁の肩を抱き、兄が「まぁまぁまぁ」となだめすかした。

「そうピリピリするなって。俺たち、運命共同体だろ？」

「なにが運命共同体だよ。キヅのせいで、俺まで怒られるなんて腑《ふ》に落ちない」

「えー。だって、生まれたときから一緒じゃん。ずっと一緒じゃん」

無邪気な物言いに、ふーっとため息が零れる。

そのマイペースな言動にイラッとすることはままあるし、半面自分にはない明朗快活さをうらやましく思うことも、夢中になれるものを見つけた希月に置いていかれたみたいな気分になることもあるけれど……。

それでも、自分たちの絆《きずな》は「特別」だ。

人狼という特殊な血を分け合っているぶん、だれにも話せない「秘密」を共有しているぶん、おそらくは普通の兄弟より結びつきが強い。

幼いころは離れた場所にいても、片方が泣き出すと、必ずもう片方も泣き出したと母が言っていた。

シンパシーといってもいい繋がりを持つ兄の手を、峻仁はクールに振り払った。

「急ごう」


神宮寺の屋敷は家から歩いて五分の距離だが、走って二分に短縮し、五時十五分に到着した。十五分の遅刻だ。

「遅い！」

案の定、腰に手を当てた母に怒られて、ふたりで首を縮める。理不尽ではあったが、これも双子の連帯責任と諦めて、峻仁も黙って叱られた。

「すんません」

「ごめんなさい」

「今度遅刻したらお小遣いカットだからな」

「えー……」

「えーじゃない。まったくもう」

希月のブーイングに母が天を仰いで前髪を掻き上げた。十代で自分たちを産んだ母はまだ若い。

さらに実年齢よりも見た目が若いから、外では充分に自分たちの兄で通じる。実のところ、母と父は養子縁組みをしているので、自分たちと母は戸籍上は兄弟だ。

「いいから、父さんを手伝ってきて」

お説教から解放され、ふたりで台所に向かう。

台所には父と立花がいた。食事会の準備は、大体において、このふたりが中心になる。

料理の腕がプロ並みの父が厨房のボスで、几帳面な立花はサポート役。この日のために父は数日前から献立を考え、食材の買い出しもする。

このふたりにプラスして、母と自分たちがフォローに入るのだが、母はともかく、自分たちは戦力として微々《びび》たるものだ。担当は主に、最後の簡単な盛りつけとか、洗い物とか。

「父さん、手伝うよ」

「遅くなってすんません。手伝います」

ふたりで声をかけると、揚げ物をしていた父が振り返った。息子たちを見て、顎髭の生えた顔に大らかな笑みを浮かべる。

「おー、やっと来たか」

低くて深みのある父の声を聞くと、どんなときでもほっとしてリラックスできる。

子供のころはいたずらや粗相《そそう》をして母に叱られるたびに、ふたりで争うように父のところに逃げ込んだものだ。長い脚の左右にひとりずつしがみつくのがお約束だった。

包容力の塊《かたまり》のような父は、峻仁の理想の父親像だ。

自分もいつか子供を持ったらこういう父親になりたい。希月もそうだろう。

人狼を嫁にもらうだけでも大変なのに、人狼の子育てまでやってのけた。それも同時にふたり。

並み大抵の苦労ではなかったはずだ。しかし双子が知る限り、父が子育ての苦労をこちらに気《け》取《ど》らせたことは一度もない。

それは、いまの自分たちとさほど変わらない年齢で自分たちを産んだ母も同じで（しかも母は男の身で女性化し、双子を生んだのだ）、そんな両親を双子は心から尊敬している。

「侑希ママ、遅くなってごめん」

峻仁は、作業台で小鉢に酢の物を盛りつけている立花のそばに寄った。学校では「先生」と呼んでいるが、プライベートでは昔のまま「侑希ママ」呼びだ。

手を止めて顔を上げた立花が、眼鏡の奥の目をやさしく細めた。

「今日はそんなに大変じゃないから大丈夫だよ」

立花も父同様、人間でありながら、人狼の伴侶となった。叔父と出会ったとき、ふたりは教師と生徒だったと聞いている。

教師と生徒というタブー、種族の壁、年齢の差、同性同士であること——結ばれるまでのハードルはひとつじゃなかった。それらたくさんの障害を乗り越えて、いまもふたりは一緒にいる。

見るからに線が細そうな外見の印象を裏切り、侑希ママは芯が強いのだ。

「手伝うからなんでも言って」

「じゃあ、小鉢にゆずを載せていってくれ。ゆずはそこの小皿の中」

「了解」

峻仁が立花の手伝いをし、希月は父の助手となった。

ここの台所は、普通の家の倍の広さはあるのだが、さすがに男が四人も立てば窮屈《きゅうくつ》に感じる。

その後、母も参戦して五人となり、あちこちぶつかり合ったりしながらも、なんとかすべての料理が完成した。

出来上がった料理をみんなで運ぶ。

母屋《おもや》で一番広い大広間には、すでに食事会のメンバーが揃って談笑していた。

上座《かみざ》に座すのは、江戸末期から続く任俠組織『大神組《おおがみぐみ》』元組長で、神宮寺一族の長老・神宮寺月也。母と叔父の父親で、峻仁たち双子の祖父だ。

その横が、大神組若頭で大叔父の岩切仁《いわきりじん》。

大叔父は、かなり前に亡くなった双子の祖母の弟で、神宮寺の親族だけど人間だ。いにしえより神宮寺一族を護り、仕えてきた御三家のひとりでもある。祖父に対する忠誠心はだれよりも篤《あつ》く、長く若頭として組を支えてきた大叔父は、大神組の大黒柱だ。

大叔父の向かいが、大神組現組長で、双子の叔父の神宮寺峻王。

本来ならば長男の母が継ぐべきところだったのを、母は自分たちを産んで賀門の籍に入ったため、次男の叔父が神宮寺家の家督と組を継いだのだ。

ひとつ置いてとなりに、大神組若頭補佐の都築《つづき》と、神宮寺家の主治医である水川《みずかわ》が並ぶ。このふたりは大叔父と同じく御三家の末裔で、人狼の存在を知る数少ない人間だ。彼らのサポートなくしては、神宮寺一族は成り立たないと言っていい。

和装の祖父以外、全員がスーツを着用している。仕事柄、黒もしくはダークな色合いが多いが、大学病院の外科部長をしている水川だけは明るめのグレイのスーツだった。

都築は定番の三つ揃いに、ネクタイをぴしりと結んでいる。相変わらず無表情で、眼鏡の奥から放たれる眼差《まなざ》しは怜悧《れいり》だ。経済に強く、組の資金運営を一手に担う大神組の金庫番。

峻仁にとって都築と水川は、それこそおむつをしていたころからのつきあいになる、家族同然の身内だ。いまでも最低月に一度は顔を合わせている。

それでもなお、こうして親族と身内が勢揃いしている様子を見れば、自然と背筋が伸びた。

それは希月も同じらしく、いつになく神妙な顔つきをしている。

(何度見ても、すごい迫力だよな)

ただでさえ「やくざ」というだけで充分に特殊なのに、おまけに約半数が人狼だ。

みんなを見慣れていて、人狼の端くれの自分だって緊張するのだから、もしこの場に一般人が紛れ込んでいたらガチガチに固まって呼吸もまともにできないだろう。

「お待たせしました。いま料理を並べますので、もうしばらくお待ちください」

父の指示のとおりに、長机三つをくっつけた座卓の上に料理を並べた。

父が腕をふるった料理が所狭しと並び、お猪口《ちょこ》やグラス、取り皿、小皿などの食器も行き渡る。

準備が整ったところで、父と母、立花も腰を下ろす。父と母はとなり合わせ、立花は叔父の隣席が定位置だ。

最後に、峻仁と希月も下座に並んで座った。

全員が席に着いたのを見計らい、祖父が備前《びぜん》焼きのお猪口を手に取る。

この祖父を、峻仁と希月は子供のころ「ジイジ」と呼んでいたのだが、いまは「月也さん」と呼んでいる。祖父の容姿が世間一般がイメージする祖父像とあまりにかけ離れており、外で呼べば確実に訝《いぶか》しがられるからだ。

シミや皺ひとつない白磁の肌、眦《まなじり》が切れ上がった杏仁形《きょうにんぎょう》の双眸と、まるで紅を差したかのような赤い唇。妖艶《ようえん》な容貌から、年齢を推《お》し量ることはできない。

叔父がよく祖父を評して「あのひとは化けもんだからな」と言うが、確かに、人ならざるものの集合体である同族のなかでも、祖父の存在は群を抜いて「特別」だった。

祖父似だと言われる峻仁だが、自分ではレベルが違うと思っている。現時点ではまるで祖父の足許にも及ばない。

もっとも、特別なのは祖父だけではなかった。

数年前に祖父から大神組の組長の座を継いだ叔父も、別の意味で特別なオーラを放っている。

この叔父も、道を歩けばだれもが振り返る美貌の持ち主だが、その美しさは、祖父とは種類が異なった。叔父の場合は、あくまで雄的な男性美だ。

生来《せいらい》の器量に、ここ最近は組織の長としての威厳が加わり、よりいっそうの存在感を増した気がする。大神組の組員たちは祖父を崇拝しており、それゆえ代替わりはむずかしいと言われていたが、組長就任から数年が過ぎた現在、叔父は生来のカリスマ性で組員たちの心を掌握《しょうあく》し、完全に支配下に置いていた。

祖父のお猪口に叔父が徳利《とっくり》から酒を注ぎ、祖父も叔父に注ぎ返す。叔父は大叔父にも酒を注いだ。他のメンバーも、それぞれ酒を酌《く》み交わす。

「酒は行き渡ったか？　では峻王、乾杯の音頭を」

祖父が叔父を促した。乾杯の音頭も数年前まで祖父が取っていたが、いまでは叔父の役目となっていた。

叔父がお猪口を片手に持ち、強い輝きを放つ漆黒の双眸で、全員をぐるりと見回す。

「一月も終わり近くの新年会となったが、今年もこうして親族と身内がひとりとして欠けることなく、一堂に会したことをうれしく思う。いつものように義兄が腕をふるってくれた。美味《うま》い料理と酒を存分に楽しんでくれ」

そこで言葉を切り、叔父が視線を双子に向けた。

「おまえらは四月が誕生日だから、アルコール解禁まであと三年とちょっとか」

双子が同時にうなずくと、「それまでは健全にウーロン茶な」と釘を刺す。

「今年もよろしく頼む。乾杯」

「乾杯」

全員がお猪口とグラスを掲げ、唱和した。

食事会が始まる。大人たちは先付けに箸《はし》をつけ、互いの近況報告に花を咲かせ始めた。

酒が入ってしばらくすると、場が徐々にくだけた雰囲気になり、峻仁と希月もリラックスして料理を口に運べるようになった。

「白子の茶碗蒸し、うまー。蓮根《れんこん》の挟み揚げもうんまい！」

「焼きたらば蟹、美味しい！」

「この霜降りのステーキ、口のなかで溶ける！」

いちいち感嘆の声を発しながら、父ご自慢の料理の数々にむしゃぶりつく。

大人と違って酒を呑むことができないのと、なにしろ食べ盛りなので、あっという間に目の前の器や皿が空になる。それに気がついた母と立花が、「母さん、蟹はいいから、食べな」「よかったら俺のも食べてくれ」と自分たちのぶんを寄越《よこ》した。

「え？　でも、悪いよ」

峻仁が遠慮するそばから希月が「ラッキー！　蟹いただき！」と皿をかっ攫い、自分の前に置く。

「おまえな、少しは遠慮ってもんを」

たしなめる峻仁に、希月があっけらかんと言った。

「せっかくみんなで作ったんだから、残したらもったいないじゃん」

「そりゃそうだけど、少なくとも一度は辞退しろよ。最低限の礼儀として」

「結局もらうなら同じだろ。そんなの時間の無駄無駄」

しれっと言い放ち、もう蟹に囓《かじ》りついている。峻仁はため息を吐いた。

「おまえら、相変わらず正反対の性格してるなー」

話しかけてきたのは水川だ。お猪口を片手におもしろそうに笑う。

「双子なのに、どうしてこうも違うのかね」

神宮寺家かかりつけ医の水川は母の出産に立ち会い、自分たちを取り上げてくれたそうだ。その後も足繁く定期健診に通って、健康管理をしてくれている。

異形ゆえに一般の病院にかかることができない自分たちにとって、水川医師の存在は大きいのだ。ここまで病気ひとつせずにくることができたのも彼のおかげだ。

「でも実際ふたりとも、名前のとおりにみんなのいいとこ取りになったよな」

感慨深い面持ちで水川がつぶやく。

双子の名前は、峻仁が叔父と大叔父から「峻」と「仁」を一文字ずつ、希月は侑希ママと祖父から「希」と「月」を一文字ずつ、それぞれもらった。

みんなのいいところを受け継ぐようにと、父と母が願いを込めてつけた名前らしい。

「そうかな？」

自分では、本当にそうなっているのかわからない。正直、名前負けだと思うときもある。

「まだまだ発展途上だからな。それだってここまで大きな病気もなくすくすく育って、キヅに至っちゃ育ちすぎって話もあるが」

「もっと身長欲しい。バスケやってるなかじゃ全然デカイほうじゃないし」

三人ぶんの蟹をぺろりとたいらげた希月が主張した。だが酒が入っている水川はその主張を受け流し、感無量といった声を落とす。

「こんなにでかくなって……それだけで充分っちゃ充分だけどな」

「どうした？　今日はやけに湿っぽいな」

都築がとなりから口を挟んできた。

「こいつらは自分の子供みたいなものですから」

水川が「都築さんだってそうでしょう？」と訊き返す。

「まぁ……そうだな」

こちらは表情を変えずに、つらっと肯定した。

水川はともかくとして、ポーカーフェイスの都築が自分たちをどう思っているかを語るなんてそうそうないことなので、少し驚く。

名前をもらった四人や両親だけじゃない。この御三家のふたりからも、自分たちはたくさんの影響を受けて育った。

ここにいる全員に、大切に護《まも》ってもらって今日までできたのだ。

そのことに改めて感じ入った峻仁は、周囲を見回す。

叔父はパートナーの立花となにやら親密に話し込んでいた。日頃重責を抱えている叔父は、立花の前でのみ、心からくつろいだ表情を見せる。

祖父と大叔父も、とりたてて会話はないが、互いを信頼し合っているのが傍《はた》から窺《うかが》える。

父と母は笑顔で料理をつまんでいる。結婚して十七年経ったとは思えないほど、新婚みたいに仲がいい。子供としてはちょっと恥ずかしいくらいだ。

そして自分の横には、生まれたときから一緒の相棒。

両親が揃っていて、衣食住に困らないだけでなく、充分な教育を受けることができて、親友もいて、親族や身内に愛されている。

自分がいかに恵まれているかを噛み締めた直後、峻仁はだれにも気がつかれないように小さなため息を零した。

（こんなに幸せなのに……）

心のどこかで窮屈だと感じてしまう自分。

そんな自分に罪悪感を抱かずにはいられなかった。

3

「じゃあね、今日はつきあってくれてありがとう。また来週」

「ああ、また来週」

このあたりではそうめずらしくない古い日本家屋の前で、峻仁はみちると別れた。

みちるが門を抜けて前庭を進み、家の引き戸のなかに入るところまで見届けて、峻仁は歩き出す。

そろそろ夕飯準備の時刻のせいか、住宅街には人気がなかった。このあたりは古いお屋敷が多く、住人も高齢者が大半なので、帰宅途中の学生やサラリーマンとも滅多に行き交わない。

冬場は外で立ち話をする住人もおらず、とりわけ人通りが少なかった。

(すっかり暗くなっちゃったな)

昨日に引き続き、今日の放課後もみちると図書室に寄ってきたため、帰りが遅くなってしまった。来週から始まる期末試験に向けて、ふたりで勉強をしていたのだ。みちるに、彼が苦手な英語を教えてやりつつ、峻仁も試験に出るエリアを復習した。

希月は例によって、試験前でもお構いなしに部活だ。それでも学年十位以下には落ちないから、教師も両親もなにも言わない。

北風がぴゅーっと吹きつけてきて、マフラーの裾がたなびく。

日中は、陽が当たっている場所はそれなりにあたたかかったのだが、陽が翳って急に冷え込んできた。

だが峻仁にとっては、このくらいの寒さが心地いい。今日は新月だから絶好調とは言えないけれど。

(でも、これくらいがちょうどいいのかもな)

このうえ月まで満ちたら、体内に充ちるパワーを持て余してしまう。

それこそ希月みたいに、自分のなかの野性の血の滾《たぎ》りを、スポーツという代償行為で発散するしかなくなる。体を動かすことで自分自身を欺《あざむ》いて……。

そこまで考えて、峻仁は顔をしかめた。

欺くとか……どうして自分は、こういうひねた発想しかできないんだろう。

仲間と一緒にバスケに打ち込める希月が、心の底ではうらやましいくせに。

なにごとにも純粋に没頭できず、人間と深く関わることにも消極的で……ただ小さなフラストレーションを身の内側に増殖させていくばかりの自分がいやになる。

なんでこうなんだ。こんなに恵まれているのに……。

昨夜の新年会で封じ込めたはずの罪悪感が、いま一度胸のなかをじわじわと侵食し始めたのを感じて、峻仁はため息を零す。

同じように、十代の母も悶々《もんもん》としたのだろうか？　若き日の叔父も？

いや……母は素直な性格だから、自分みたいな考え方はしない。

若いころからカリスマだったという叔父もきっと、こんなふうにうじうじ悩んだりしなかっただろう。

祖父に至っては、くだらない自意識など超越した存在だ。

同じ双子でも、希月は自然に人間に馴染んで、その輪のなかに入っていっている。

あいつは人狼である自分自身と折り合いをつけ、人間に混じってちゃんとやっていける。

きっと数年後には、人間の女の子の〝つがい〟と恋をして、繁殖期には子供を作って……。

結局、自分だけだ。

自分だけが、うまくなじめない。

みちるのためだなんて思い上がっていたけれど、本当は自分こそが、みちるがいなければひとりぼっちだ。

だれにも心を開けず……正体がばれたらどうしようと常に不安で。

人間が怖いから「クール」を装って遠ざけて。

そうだ……怖いんだ。なにもかもが怖い。

大人になるのも、だれかを好きになるのも怖い。

（いくじなし）

自分を罵倒《ばとう》したところで、芽生えてしまった恐怖心は消えない。

不安が引き金になって、胸の奥底から黒いどろどろとした感情が溢《あふ》れてくる。

急激に溢れ出してきたマイナスの思考をコントロールできず、ぎゅっと目をつぶって立ち止まった。アスファルトを踏み締める足がかすかに震える。

どれくらいそうしていただろう。ふと、前方に人の気配を感じる。

ゆっくりと目を開けた峻仁の視界に、闇に溶け込むような黒いエンジニアブーツが映り込んだ。

（いつの間に人が？）

浮かんだ疑問は、じわじわと視線を上げてブーツの主の顔を見た瞬間に吹き飛ぶ。

「……あっ……」

思わず声が出た。

秀でた額と高い鼻梁。少し傲慢そうな眉。肉厚な唇。

獲物を狙う捕食者がごとく、強い輝きを放つ琥珀色の瞳。

あの男だった。

昨日家の近くですれ違った外国人に間違いない。

ひどく印象的な外見をしていたのと、恵まれた体軀《たいく》から特別な「気」を発していたのとで、よく覚えている。

（なんでまたここに？）

もしかしてこの付近に越してきた新しい住人なんだろうか。それとも連日で、だれかの家を訪ねてきたのか。

あれこれと想像を巡らせて立ち尽くしているあいだにも、男は大きなストライドで歩み寄ってくる。そうして、峻仁の一歩手前で足を止めた。

黒いタートルネックのセーターに黒のボトム、黒のロングコートという出で立ちは昨日と同じ。黒尽くめのせいか、ただ立っているだけでもすごい重圧を感じた。

体の幅に両脚を開いて立った男が、眼光鋭く、上からまっすぐ見下ろしてくる。

琥珀色の双眸と目が合った刹那、峻仁の全身をびりっと微弱な電流が貫いた。

「……っ」

確か昨日も、同じような痺れが走ったことを思い出す。

昨日はすぐに視線を逸らしたが、今日はなぜか体がフリーズして動かなかった。

強い眼差しに射すくめられ、その場で硬直する峻仁の鼻孔が、ほどなく独特な《匂い》を捉える。

（……なんだ？）

どうやら目の前の男から漂ってくるようだが、いままで嗅いだことのない匂いだ。

甘い匂い？

いや、ただ甘いだけじゃない。ピリッとスパイシーで、甘さのなかにもひりつくような刺激がある。その刺激に反応してか、首筋がぞくぞくと粟立《あわだ》った。

初めて嗅ぐ匂いの正体を掴もうと、嗅覚に神経を集中しているうちに、今度は体の奥がじりじりと熱くなってくる。

男が発する《匂い》を吸い込めば吸い込むほどに、肌が火照《ほて》って発汗してきた。

こんな真冬に……おかしい。

満月でもないのに、こんなふうに内側から発熱するなんて初めてだ。

自分の体の変化に戸惑う峻仁を、男は微動《びどう》だにせずに凝視してくる。

上から睥睨《へいげい》してくる感じが居丈高《いたけだか》で、あまりかかわりたくないタイプだったし、体調も変なので、できれば立ち去りたかった。

でも、さっきからずっと自分を見ているということは、なにか言いたいことがあるのかもしれない。

やっぱり旅行者で、道に迷って困っているとか？

だとしたら、見て見ぬ振りもできない。

仕方なく、峻仁は男に話しかけた。

「なにかお困りですか？」

外見から白人であることはわかったが、出身国まではわからないので、ひとまず英語で尋《たず》ねる。

「………」

男から返答はなかった。通じなかったのかと思い、試しにフランス語で同じ問いを繰り返す。

「なにかお困りですか？」

リアクションなし。

次はドイツ語を試すべきかを思案していると、不意に男が動いた。ぬっと伸びてきた手が、峻仁の腕を鷲摑《わしづか》みにする。

「なっ……」

そのまま抗《あらが》う間もなく引っ張られた。足許のバランスを崩し、よろめいた体をくるりと反転される。

「なにっ!?」

片手で後ろから抱え込まれた次の瞬間には、もう片方の手で口を塞がれていた。

「……むっ……ぅ、ぅうっ……」

声を封じられ、懸命に手足をばたつかせる。全力で暴れたが、自分を抱え込んだ男の腕は、わずかも揺るがなかった。

（なんなんだよ、こいつ！）

人狼の自分が本気を出して、振り解けないなんてあり得ない！

イレギュラーな事態にパニックになりかけたが、自分の身に危険が迫っていることはわかったので、渾身《こんしん》の力を振り絞って暴れた。

「……うっ……むんっ……うぅっ」

前後に振っていた首の右側に、チクッと痛みが走る。

ぴくんっと全身が痙攣《けいれん》した。

(なにか……打たれた？)

痛みがあった場所から、じわーっと「熱」が広がっていくのがわかる。その「熱」が拡散していくのに従い、体がずんっと重だるくなった。手足の先から急激に力が抜けていく。

頭もぼーっとしてきた。強烈な眠気が襲ってきて意識が薄れる。

(……くそ……やば……い……)

知覚が次々と麻痺していくなかで、最後まで生き残っていた嗅覚が異変を捉えた。

甘くてスパイシーな《匂い》の奥に隠れていた――男の体臭。

生まれたときから身近にあった、人ならざるものの《匂い》。

(この男……！)

人狼だ――！

胸のなかで叫んだ直後、ものすごい力で闇に引きずり込まれるように、峻仁の意識はブラックアウトした。

＊＊＊

次に目覚めたとき、まず峻仁を襲ったのはひどい吐き気と頭痛だった。頭が割れそうにガンガンと痛み、胃が激しくムカムカする。

「う……うぇっ……」

喉許を押さえて込み上げる吐き気と闘っていたら、目の前にホーロー製の洗面器が差し出された。

刹那、胃が激しく痙攣する。我慢できない嘔吐《おうと》感が迫り上がってきて、奪うようにひったくった洗面器に顔を突っ込んだ。

「うぇ……げぇっ……うぇぇっ……」

胃液らしきものを吐いて、しばらく経ってまた吐いてを繰り返す。断続的に何度か吐くと、やっと吐き気が収まった。まだ頭は痛かったが、胃のむかつきがなくなっただけでずいぶんと楽になった。

「はぁ……はぁ」

差し出されたタオルを無意識に摑み、涙と洟《はな》でぐしゃぐしゃの顔を拭う。すると今度は水の入ったコップが現れた。口のなかが気持ち悪かったので、コップの水ですすいで洗面器に吐き出す。一連の動作が完了するのを待ち構えていたかのように、洗面器がすっと引っ込んだ。

「……ふー……」

この段になってようやく、峻仁は自分の置かれている状況に意識を払えるようになった。腕の力で体を起こして周囲を見回す。

自分がベッドに寝ていることがわかった。

ベッドといっても普通のベッドじゃない。キングサイズくらいの広さで四隅に支柱が立っており、天蓋《てんがい》がついている。その天蓋からドレープを描きながら、透けた布が垂れ下がっていた。寝台と言ったほうがしっくりくる豪華なベッドだ。

布と布のあいだの空間から、いま自分がいる部屋の様子が窺えた。かなり広い。見上げるほどの高さの天井には精密なレリーフが刻まれ、壁には草花の模様がびっしり描かれている。両開きの立派なドア、所狭しと飾られた油絵、点在するアンティーク風の家具、磨《みが》き抜かれた大理石の床も見えた。

全体的に古めかしくて、ヨーロッパの映画に出てきそうなゴシック調の部屋だ。ガランとしていて人の気配はない。さっき洗面器やタオルを渡してくれただれかも見当たらなかった。

（ここ……どこだ？　俺はなんでこんなところにいる？）

しつこく続く頭痛に顔をしかめ、記憶を探る。

けれど霞《かすみ》がかかったみたいに頭がぼんやりしていて、なにが起こったのか、すぐには思い出せなかった。

確か……学校の図書館でみちると試験勉強をして……それから一緒に下校した。……みちるとは彼の家の前で別れた。

絡まった糸を解くように記憶を辿っていく。

そのあと、自宅までの帰宅途中で男と会った。

前日にもすれ違った外国人の男だ。

その男からいままで嗅いだことのない《匂い》が漂ってきて、その甘い《匂い》を鼻孔が捉えたとたんに体が熱くなり、発汗して……いま思い出してもあれは不思議な感覚だった。

男が自分を凝視したまま動かないので、道に迷ったのかと思い、話しかけた。

――なにかお困りですか？

男は返答の代わりに、自分の腕を摑んで乱暴に引っ張った。

後ろから抱え込まれて口を塞がれ、抗いを封じ込められた。

渾身の力を振り絞っても、男の拘束を解くことは叶わず……。

首にチクッとした痛みを感じた直後に急激に体がだるくなって――意識が薄れた。

（あのときの首の痛み……）

睡眠薬かなにかを仕込んだ注射を打たれたに違いない。吐き気や頭痛はたぶん、薬の後遺症だ。昏睡《こんすい》させられて、意識を失っているあいだに、ここへ運び込まれた。

つまり、自分はあの男に拉致されたということだ。

おそらくあの男は前日から自分を狙っていた。今日も自分を攫うために、待ち伏せしていたのだ。なのに自分から話しかけたりして。

（馬鹿だった）

悔恨《かいこん》に奥歯をぎゅっと食い締める。

だが、過ぎてしまったことを後悔しても仕方がない。

あの男の正体も、自分を攫った目的も、ここがどこであるかも、なにもかもわからないことだらけだったが、ひとつだけあきらかなのは、一刻も早くここから逃げ出すべきだということ。

だれもいない、いまがチャンスだ。

結論を導き出した峻仁は、羽布団をめくって寝台から降り、床に足を下ろした。その際に気がついたのだが、いつの間にか制服を脱がされ、白いシルクの寝間着に着替えさせられていた。

（そうだ。制服のポケットには携帯が入っている）

携帯を取り返せば、家族に連絡が取れる。

毛足の長い絨毯《じゅうたん》の上にそっと降り立ち、部屋をぐるりと見回した。目視で確認できる範囲に、制服やスクールバッグは見当たらない。別の部屋に保管されているのかもしれなかった。

とりあえずドアに向かって歩き出そうとして、体がぐらっと傾ぐ。

(あ……？)

足に力が入らない。たったの一歩が前に出ない。歩くどころかそのまま膝ががくっと折れ、蹲《うずくま》ってしまった。

「……なんだ？」

どうして動かない？　まだ薬が効いている？

思いどおりにならない肉体に苛立っていると、ガチャッとドアノブが回る音が響いた。

峻仁が向かおうとしていた二枚扉が開き、白くて小さな顔が覗《のぞ》く。床にへたり込んだ峻仁を見た水色の目が、大きく見開かれた。

「急に動き回るのは無理だ」

峻仁をいさめた言葉は英語。

細い眉をひそめて近づいてきた人物は、かなり特殊な容姿をしていた。

胸までのさらさらの髪は、白と見紛《みまが》う銀髪。瞳はターナーの描く湖のような水色。西洋人形《ビスクドール》のごとく繊細に整った顔立ちは、一見して年齢不詳だ。性別の判別もしづらかったが、胸がないので男性だろうと推測する。紺色のセーターの襟ぐりから白いシャツを覗かせ、下衣は焦げ茶色のウールのボトムという出で立ちだった。

体つきも華奢で小柄。そのせいか、すぐそばまで来られても不安は感じなかった。

男が手を貸してくれてどうにか立ち上がる。寝台に峻仁を腰掛けさせてから、彼が尋ねてきた。

「気分はどう？　吐いて少し楽になったんじゃないかと思うけど」

その言葉で、さっき洗面器やタオルを渡してくれたのが、この男性だったのだと気がついた。

汚れた洗面器を下げて戻ってきたのだろう。

「僕はユージン。医術の心得があるから、安心して欲しい」

「………」

安心しろと言われても、敵なのか味方なのかもわからないのに、気を許すことはできない。

話し方は穏やかで雰囲気もやさしそうだけど、だからといって悪人でないとは言い切れない。

黙って相手の出方を待っていると、心配そうな面持ちで「英語わかる？」と訊かれた。

これには小さくうなずく。

語学は独学で数ヶ国語をマスターしたが、なかでも英語は子供のころから勉強してきたので、ネイティブと遜色ないレベルであるという自負があった。

「……ならよかった。僕は日本語は話せないから。きみの世話をするように言われているけれど、言葉が通じなかったらどうしようかと思っていた」

言われている——というのは、自分を拉致したあの男からだろうか。

「いまはまだ頭痛が残っているかもしれないけど、それもじきに消えるはずだ。他に体調の面で気になることはある？」

「……体に力が入らない」

「三日間ずっと眠っていたし、まだ若干薬が残っているんだろう。動けるようになるにはもう少し時間がかか……」

「三日!?」

峻仁はユージンの説明を遮った。

「俺、三日も寝ていたのか!?」

ユージンがこくりとうなずく。

「そう……きみはまる三日間昏睡状態にあった」

「………」

自分の意識がないあいだに三日という時間が過ぎてしまっていたことに、峻仁はショックを受けた。

（じゃあ……ついさっきのことのように思えるあの拉致は……三日前のこと？）

突然自分がいなくなって、三日も消息が摑めなかったら、みんなものすごく心配しているはずだ。いまごろ大騒ぎになっているだろう。

両親と希月、祖父、大叔父、叔父、立花、都築、水川、みちる、みんなの顔が順に浮かぶ。

きっとだれもが眠れぬ夜を過ごしているに違いない。

「……あんたたち、何者だ？」

峻仁は正面の白い顔を睨みつけた。

「なんの目的で俺を攫ったんだ」

「それは……」

ユージンが答えようとしたとき、ガチャリとドアノブが回る。ギィーとドアが軋《きし》む音に続き、カツカツ、コツコツと複数の足音が床を打ち鳴らした。

室内に入ってきた男たちに、峻仁は「あっ」と声を出す。

三名の先頭に立っていたのが、自分を拉致した張本人だったからだ。

不遜なオーラを纏《まと》う「人攫い」は、記憶にある黒尽くめとは異なり、白いシャツに黒のスーツを着用していた。

その背後には、がっしりとした体格の顎髭を生やした男と、砂色の髪の長身痩軀の男が立っている。ともに白人系の外国人だ。

顎髭は紺のラウンドネックのセーターに焦げ茶のコーデュロイのボトムというラフな格好で、長身痩軀はカーキ色のミリタリーセーターにモスグリーンのワークパンツを穿いていた。

先頭の人攫いがゆっくりと寝台に近づいてきて、ユージンの傍らで足を止める。

「いつ目が覚めた？」

尋ねた声は、外見の重厚なイメージを損なわない深みのある低音だ。発音は完璧なクイーンズイングリッシュ。

（英国人……？）

「ついさっきだ。起きてすぐに吐いたけれど、いまは落ち着いているようだ」

ユージンが男の質問に応じる。

「どうだ？　こいつは〈そう〉か？」

人攫いの謎めいた問いかけに、ユージンもまた「うん、〈そう〉だと思う」と謎の答えを返した。

「やはりそうか」

首肯《しゅこう》した男が、峻仁のほうを向く。

相変わらず鋭い眼光で、射貫《いぬ》くように人を見る男だ。

威圧的な振る舞いや存在感からして、この男が一味のリーダーだろう。そう判断した峻仁は、琥珀色の瞳をまっすぐ睨み返した。

「あんたたちは何者だ？」

先程ユージンに投げかけた問いを繰り返す。

「アーサー・ゴスフォード」

割合あっさりと男が名乗った。簡単に名前を明かすとは思っていなかったので面食らったが、聞いたところでその名前に心当たりはない。

「エドガー、そしてウルフガングだ」

男——アーサーが、背後に立つふたりを紹介した。

のっぽがエドガーで、がっしりがウルフガング。やはりどちらも知らない名前だった。外国人の知り合いなどいないから、それも当然だ。

「ユージンはもう名乗ったな？」

ユージンが「ああ」とうなずく。

全員の名前を知っても、ちっとも謎が解けないことに苛立ち、峻仁は問いを重ねた。

「ここはどこなんだ？　なんで俺をここに……」

「英国のウェールズだ」

それが、自分の問いに対する答えだと、すぐにはわからなかった。不思議そうな表情の峻仁を冷ややかに見下ろし、アーサーが繰り返す。

「聞こえなかったのか？　英国のウェールズだ」

ウェールズという名称はもちろん聞いたことがあった。グレートブリテンを形成する一地方の名前だ。

「英国の……ウェールズ」

鸚鵡《おうむ》返しにしてから、ワンテンポ遅れで「英国っ？」と上擦《うわず》った声を出す。

「って、あの英国!?」

「他にどの英国がある」

「うそだ……」

呆然《ぼうぜん》とつぶやくと、やや憮然《ぶぜん》とした顔つきで「うそではない」と返された。アーサー以外の男たちも真顔で、リーダーのジョークを笑うような雰囲気はまるでない。

それでもまだ実感が湧かず、半信半疑で確かめた。

「じゃ……じゃあ……意識のなかった三日のあいだに、俺は日本から英国に連れてこられたのか」

「そうだ」

「なんのために!?」

誘拐は犯罪だ。しかも犯罪のなかでも刑が重い重罪。男たちは自分よりずっと大人で、少なくとも三十代には見えた。いい年をして、そのことを知らないわけじゃないだろう。

罪を犯してまで、見ず知らずの英国人が自分を攫った理由。

それこそが一番の謎だった。

母の実家の稼業である大神組と敵対する組織——というならばまだわかる。

母はとっくの昔に神宮寺の家を出ているし、大神組と自分たちは直接関係ないけれど、それでも可能性としてないわけじゃない。

祖父、大叔父、叔父にとって親族にあたる自分を拉致して、取引の材料にしようとする輩《やから》の存

在もゼロじゃないだろう。

だけど四人の英国人たちは、やくざの関係者には見えなかった。

百歩譲って仮にそうだったとしても、日本からわざわざ自分を英国まで連れてくる必要はないはずだ。

峻仁の猜疑心《さいぎしん》に充ちた眼差しを受け止め、少しのあいだ黙っていたアーサーが、おもむろに口を開く。

「おまえに私の子供を産ませるためだ」

「………っ」

意識が戻ってから驚きの連続だったが、これこそが最大級の衝撃だった。衝撃が大きすぎてとっさに言葉が出ない。

たっぷりと三十秒は絶句したあとで、峻仁は強ばった唇を開き、喉の奥から掠れ声を絞り出した。

「いま……なんて言った?」

アーサーがつと眉をひそめる。その顔には、ものわかりの悪い人間を見下すような、侮蔑《ぶべつ》と苛立ちが滲んでいた。

だが、そんな支離滅裂《しりめつれつ》な宣言に、「なるほど」と納得できるわけがない。

「俺にあんたの子供を産ませるって?」

「そのために連れてきた」

「意味がわからない。俺は男だ」

あきらかにこちらに分がある反論にも、アーサーは怯《ひる》まなかった。そんなことはわかっているといった尊大な面持ちで告げる。

「おまえの母親も男だが、おまえたちを産んだ」

「……………ッ」

息を呑んだ。

その秘密を知っているのは、神宮寺一族と御三家、そして立花だけのはずだ。

「なんで!?」

思わず立ち上がり、ふらつきながらもアーサーに詰め寄る。

「なんでそれを知って……」

「我々は同族だからだ」

「同族……？」

「いかにも」

「って、人狼!?」

自分の叫び声でふっと記憶が蘇った。

意識を失う直前、この男から同族の《匂い》を感じたことを。

偽ることができないからこそ、なにより揺るぎない証《あかし》である《匂い》。

そうだ……〈あれ〉は確かに……同族のものだった。

(じゃあここにいる四人全員……人狼?)

そう気がつき、改めて四人の《匂い》を嗅ぐ。

「……あ」

薬の後遺症で知覚が鈍っているのか、言われるまでは気がつかなかったが、嗅覚に神経を集中してみれば間違いなく、四人からは同族の《匂い》がした。

(見知らぬ人狼が四人も……!)

驚きに両目を見開いて固まっていると、アーサーが言葉を継ぐ。

「人狼の発祥の地については定かではないが、おまえの一族と我々は、おそらく遠い祖先で繋がっているはずだ。——神宮寺の長から我々ゴスフォード一族について聞かされていないか?」

峻仁は首を振った。

ゴスフォード一族なんて聞いたこともない。

そもそも自分たち以外に人狼が存在していることも知らなかった。

祖父と叔父、母、そして希月以外の人狼を見るのも初めてだ。

「神宮寺以外の人狼は遠い昔に滅んだって……聞かされていた」

衝撃を引きずったつぶやきに、アーサーが唇を横に引く。

「なるほどな。おまえには真実を隠してきたわけか」

皮肉げな声音にぴくっと肩を震わせ、峻仁はアーサーを睨んだ。

「どういう意味だ？」

「……まぁいい」

アーサーが肩をすくめ、「過ぎたことはいまさらどうにもならない」と低音を落とす。

「大切なのは、これから先の未来だ。おまえが私の子を産む。それ以外のことは大して重要ではない」

「だから俺は男だって言ってるだろ！」

話が通じない男に苛立ち、峻仁は声を荒らげた。

「俺に子供なんか産めるわけが」

「できる。おまえは【イヴ】だからな」

さっき、もうこれ以上の衝撃はないと思っていた。けれど甘かった。

「俺が……【イヴ】？」

声が震える。

【イヴ】がなんであるかは知っていた。

人狼のなかでも特殊な【mutation《ミューテイション》】――突然変異型――であり、男性体で生まれながらも、
女性化して妊娠する特異体質――【idiosyncrasy《イディオシンクラシー》】。

母がそうだった。母は父と出会い、女性化して自分と希月を産んだ。

でもまさか、自分が〈そう〉だなんて……。

母の【イヴ】の遺伝子を継いでいたなんて。

そんなの、いままでだれも言わなかった。主治医の水川だって言わなかった。

（うそだ……そんなの！）

衝撃の事実に頭が混乱する。

「……俺は……違う。〈そう〉じゃない！」

峻仁は首を激しく振って否定した。心臓がドクドクと大きな音を立て、体温が一気に上昇する。

「うそつき！　うそをつくな！」

滅多に出さない大声でわめいた。普段の自分はこんなふうに感情的になったりしない。

でもいまは、そうしていないと、自分というアイデンティティを支えている根幹がぽきりと折れてしまいそうだった。

「俺は【イヴ】なんかじゃないっ！」

だが、どんなに叫んでも、アーサーは顔色ひとつ変えない。周りの男たちも無表情だった。

まるで、かんしゃくを起こす子供と、受け流す大人だ。

（……くそ……っ）

自分だけが興奮して空回りしている虚《むな》しさに、峻仁はぐっと両手の拳《こぶし》を握り締める。

「いまは自覚がなくとも、いずれ、いやでも思い知るようになる」

不気味な予言をするアーサーの声の冷たさに、ぞっとした。

「もし……もしも俺が【イヴ】だったとしても……俺はあんたの子供を産んだりしない」

自分を虫けらを見るような目で見る男の子供なんか、だれが産むもんか！

「おまえの意思など関係ない。おまえにはゴスフォード一族の存続がかかっている。アルファの私と、次世代を作る。それが【イヴ】であるおまえの使命だ」

「なにが使命だ！　勝手に決めるな！」

噛みつく峻仁を、男は涼しい顔で受け流し、それどころか、とんでもない発言を口にした。

「おまえが産まなければ、おまえの母親を攫ってきて産ませるまでだ」

平然と投げ出された暴言に耳を疑う。

母さんを攫ってきて……この男の子供を産ませる？

「私はどちらでもいい。繁殖の相手がおまえの母でも、おまえでも。子供さえ生まれればな」

本当にどうでもいいのか、アーサーが邪険な物言いをした。

「そんなの父さんが許すわけがないだろ!?」

「我々の邪魔をする者は消すまでだ！」

峻仁を威嚇《いかく》したのは、それまで無言を貫いていたいかつい顔の男だった。

「……………っ」

「おまえの父親を殺す」

忌々《いまいま》しげに吐き捨てるウルフガングの目には、暗い憎悪の念が宿っている。

男のがっしりとした体躯からゆらゆらと立ち上る殺意のオーラを見て、口先ばかりの脅しではないことはわかった。

(本気だ……本気で父さんを……)

この男がなぜ父を殺したいほど憎むのかはわからなかったが、生まれて初めて本物の殺意を目の当たりにして顔が強ばる。

峻仁が言葉を失っていると、それまで状況を見極めるように黙っていたもうひとりの男――エドガーが冷静な声を発した。

「説明はもういいだろう。どれだけ話し合ったところで納得はしないだろうし、させる必要もない」

「そうだな」

アーサーが同意する。

エドガーがブルーグレイの目で峻仁を見た。

「抵抗するだけ無駄だし、したところでいまのおまえではアーサーの足許にも及ばない。自分の宿命を受け入れろ。そうすれば早く楽になれる」

言い聞かせるような台詞を残して踵を返す。ドアに向かうエドガーにウルフガングが続いた。

ユージンもふたりの男のあとを追ったが、部屋を出る寸前に振り返り、峻仁にもの言いたげな視線を投げかける。

だが仲間の男たちに促され、ほどなくドアの向こうに消えた。

バタンとドアが閉じる音に続き、ガチャリと重々しい施錠音が響く。

(鍵をかけられた!)

三人の男たちが立ち去り、アーサーとふたりで鍵のかかった部屋に取り残された。

血の気が引く感覚を堪《こら》え、峻仁は自分の前に立つ男に視線を転じる。

目と目が合った。

峻仁を見据える琥珀色の瞳は、捕食者特有の猛々しい熱を帯びている。

やがてアーサーが肉厚の唇を開いた。

「我々は十七年待った」

時の重みを噛み締める、重々しい声音。

「これ以上は、一日も待てない」

低く掠れた声で断言され、首の後ろがちりっと粟立った。

これからなにが始まるのか。

自分はどうなるのか。

忍び寄る暗い予感に、峻仁はぶるっと身を震わせた。

4

——我々は十七年待った。

——これ以上は、一日も待てない。

そう断言したアーサーと睨み合いながら、峻仁は、男がこの先自分をどうするつもりなのかを推し量った。

（落ち着いて考えろ）

ともすればパニックに陥りそうな自分を律して、冷静な思考を強いる。パニくって取り乱せばそれだけ、ピンチから抜け出せる確率が下がることはわかっていた。

男は自分を【イヴ】だと思っている。峻仁自身はまだ信じていない。

一方的に、おまえは【イヴ】だと言われても、そんな人生を左右するような重大な問題を簡単には受け入れられない。

だが、そう信じ込んでいるアーサーは、自分に「おのれの子供を孕《はら》ませようとしている」。

となれば、これからアーサーが自分に仕掛けることはひとつだ。

力尽くで交尾して、自分の種を仕込もうというのだろう。

それがどういうことなのか、実体験はないが、知識としては理解している。

両親がともに男であるという特殊な環境に持ち前の好奇心も手伝って、前に一度だけ、男同士の行為を映した動画をインターネットで観たことがあった。が、想像していた以上にエグくて、すぐにブラウザを閉じた。インパクトの大きいそっちを先に観てしまったせいで、そののち男女の動画を観る気にもなれなかった。

自分があんな行為の当事者になるなんて、考えただけで吐きそうだ。

もしアーサーが言うとおりに自分が【イヴ】である場合（母の血を引いているからには、可能性はゼロじゃない）、犯されるだけでは済まない。無理矢理「種付け」されて、好きでもない男の子供を身ごもるなんて心底ぞっとする。

自分はまだ恋も知らない。

生涯の伴侶となる〝つがい〟の相手とも巡り会っていない。従って繁殖期もまだ来ておらず、性的な欲求も薄い。十四歳での精通以降、定期的に処理はしているけれど、〝つがい〟じゃない女性に欲情することはないし、同世代と比べても、たぶんかなり淡泊なほうだ。

そんな自分が、なぜ同性である男——よりによって傲慢で上から目線でいけ好かない——に犯されなければならないのか。

しかも、その理由が「ゴスフォード一族存続のため」だって？　理不尽すぎて怒りすら湧く。

推測するにおそらく、かつての神宮寺のように、ゴスフォード一族も絶滅の危機に瀕しているのだろう。だからわざわざ自分を日本から攫ってきてまで、子供を産ませようとしている。それが最終手段だとばかりに。

神宮寺以外に人狼が存在していたことは、考えようによっては吉報なのかもしれないが、彼らのために自分が犠牲になるのは断じて納得がいかなかった。

仮にはるか遠い祖先が、同じ一匹の突然変異の狼であったとしても、初めて会った他人だ。同じ種族であっても赤の他人だ。

おまえの使命だ、宿命だと一方的に言い立てられて、柔順に呑み込めるわけがない。

（絶対にいやだ。死んでもいやだ）

降って湧いた試練を前に、峻仁は策を巡らせた。

犯されて妊娠――などという最悪な展開を避けるためにも、どうにかして、この場を切り抜けなければならない。

懸命に知恵を絞ったが、場所が峻仁にとってはアウェーの英国であるうえに、現時点では敵の情報も少なく、これといった策は浮かばなかった。

鍵がかかった密室に、自分を犯そうと狙う人狼とふたりきり……。

このままでは、やられるのは時間の問題だ。

アーサーは、黙って自分を見下ろしている。まるで、これから屠《ほふ》る獲物を前にして、どう仕留めてやろうかと思案する捕食動物のような眼差しで。

ピンと張り詰めた、不気味な静けさが場を支配していた。ぴくりとでも動いたら、いまにも男が飛びかかってきそうで、身じろぐこともできない。

「………」

アーサーと睨み合う峻仁の背中や脇が、じわっと冷たい汗で濡れた。

そもそも峻仁は、平穏無事な人生のなかで、人間との取っ組み合いの喧嘩《けんか》すらまともにした経験がない。せいぜいが兄弟喧嘩だ。

ましてや、ほぼ月が見えない月齢三日目。人狼としてまだ未熟な自分は、月のパワーを借りなければ、変身後の姿を維持できない。さらには薬の後遺症もあり、普段より弱っている。条件としては最悪に近かったが、かといって人間の姿のままでは一縷《いちる》の望みもないのはあきらかだった。

この絶体絶命のピンチを打開できるとしたら、それは変身後の自分。

変身して、目の前の男を倒す。

それしか自分が救われる道はない。

だとしたら、たとえ勝てる確率が数パーセントでも、その可能性に賭けるべきだ。

（やるしか……ないんだ）

追い詰められた峻仁は、腹筋の奥にある体幹《コア》の部分にぐっと力を入れた。普段は封じ込めているパワーを一気に解き放つ。

ドンッと心臓が大きく脈打ち、体の中心がカッと熱くなった。中心部で発した「熱」がみるみる広がっていく。急激な発汗に、からだ全体が水を被ったように濡れそぼった。

細かい痙攣が全身を襲い、喉から「う、う……」と唸り声が漏れる。

峻仁の変化にアーサーはもちろん気がついただろうが、じわりと目を細めるのにとどめ、様子見を決め込んだかのように動かない。

「ハッ、ハッ、ハッ」

絶え間なく熱い息が口から吐き出される。

（熱い……体のなかが燃えてるみたいに熱い……！）

体が内側から溶けていくのを感じた。骨も内臓も筋肉も、すべてがどろどろに溶解し、もう一度、一から生まれ変わる。

ここ数年は変身する機会がなかったので、ひさしぶりに味わう感覚だった。

「う、うっ……うぅ」

完全なるメタモルフォーゼは痛みと苦しみを伴う。人ならざるものに体を作り変えるのだからそれも当然だ。顔を歪ませた峻仁は、痛みに耐え切れずにがくりと膝を折り、床に両手をついた。

その手の先から変化は始まり、みるみる指が縮まって丸みを帯びる。さらに腕、胸、頭、胴、脚……人間の骨格から狼のそれへと、筋肉のつき方が変わった。体型の変化に耐え切れず、シルクのパジャマがびりびりと破れる。同時進行で、四つん這いの体が、茶色の毛でみっしりと被《おお》われた。

胴と四肢にまとわりつく、かつて衣類だった布の欠片を、峻仁はぶるっと身震いして振り払った。

目に映るのはモノクロの世界。狼化した証拠だ。

長くまっすぐな四肢で立った峻仁は、アーサーに向かって歯を剝《む》き出し、唸る。

「……ウゥ……」

尻尾を膨《ふく》らませ、背中の毛を逆立てて威嚇行動に出た峻仁に対し、アーサーは毛ほども動じなかった。両手をだらりと下げたノーガードで、立ち尽くしている。

(チャンスだ)

相手が変身する前に、勝負を決める！

「ウォウッ」

峻仁は牙を剝き出しにしてアーサーに飛びかかった。喉笛を狙って跳躍したが、片腕でぶんっと薙《な》ぎ払われる。

「ギャッ」

悲鳴をあげて吹っ飛び、あわや壁に激突する寸前でひらりと一回転した。床に着地して、体を反転させる。

直後、峻仁は男の「変身《メタモルフォーゼ》」を見た。

アーサーの変身は素早かった。膝を折って床に跪《ひざまず》いたかと思うと、次の瞬間にはメタモルフォーゼが始まり、あっという間に完了する。変身に要する時間は、人狼として成熟し、回数をこなすにつれて、格段にスピードアップするのだ。コツを体得すれば、痛みも軽減する。

知識として知ってはいたが、実際に秒速の変身を目の当たりにして、自分と相手のキャリアの差をまざまざと見せつけられる気分だった。

しかも現れた狼は、かつて見たことがないくらいに大きい。

これまで峻仁が見知っているなかで最大である、叔父の峻王よりも大きいように感じた。

ぴんと立ったふさふさの尻尾、突き出たマズル、尖った耳——外国人の骨格を反映してか、全体的に骨太で、四肢は太く長く、見るからにがっしりとした筋肉質だ。

まさに、アルファの称号に相応《ふさわ》しい雄の狼。

(……すご……い)

シルバーのメッシュが入ったダークグレイの毛並みが、照明に反射して光り輝く。衣類の欠片を払うために胴震いした狼から、強い獣臭が漂ってきた。

成熟した雄の《匂い》に圧倒されて、覚えず峻仁の尻尾は萎《しぼ》む。尻が下がり、本能的に服従のポーズを取りそうになる自分と、まずは闘わなければならなかった。

「ヴ……ヴ……」

狼の低い唸り声に、全身の毛が逆立つ。

炯々《けいけい》と光る眼が峻仁を見据えた。その重圧にじりっと後ずさる。だがすぐ後ろは壁だった。

まずい！　と思ったのとほぼ同時に、アーサーが襲いかかってくる。

一回の跳躍で一足飛びに距離を詰められ、逃げようと身を返した瞬間、横合いから頭突きを食らった。壁に強く打ちつけられ、頭がくらっとする。軽い脳震盪《のうしんとう》を起こしてふらつく峻仁の首筋に、アーサーが咬みついた。

「キャンッ」

毛皮に鋭い牙が食い込み、思わず悲鳴が出る。

万力《まんりき》のごとく頑強な顎骨からなんとか逃れようと、峻仁は激しく体をのたうたせた。前肢や後肢で闇雲にアーサーを蹴る。けれどアーサーはびくともしない。渾身の抵抗も、まるで歯が立たなかった。

そのまま、ずるずると体を引きずられる。首を離したアーサーが、今度は背中からのしかかってきた。重量級の体重をかけられ、骨が軋む。床に強く押しつけられた体が痛む。

苦しさから、峻仁は「キャンキャンッ」と鳴いた。しかしアーサーは力を緩めない。

容赦なく圧迫して、さらに首の後ろに咬みつく。

（く、……苦し……痛いっ）

おそらくアーサーは、圧倒的な力の差を、自分の体に覚え込ませるつもりなのだ。

自分たちの関係において、自分が上位であることを、痛みをもって教え込もうとしている。

二頭以上の狼がいれば、どちらかが一方を屈服させ、必ず上下関係をはっきりさせる——それが、野性の狼の群れの基本ルール。

そう頭でわかっていても、苦痛が和《やわ》らぐわけではない。

「キャ……ンッ」

圧倒的な力と痛みにもがき苦しんでいると、目の前がふっと暗くなった。

突然バッテリーが切れたみたいに意識が薄れていく——。


「…………」

どのくらい意識を失っていたのだろう。

肌に感じる冷気に、峻仁はぴくりと身を震わせた。さっきまでの圧迫感は消えている。代わりに感じるのは、刺すような床の冷たさだ。

やがて自分が全裸で、大理石の床に伏せていることに気がついた。

(人間に……戻っている?)

やはり、月齢三日目では狼化は長くもたなかったらしい。

「……くそ」

罵声を吐き、がばっと起き上がろうとした刹那、首の後ろをぐっと摑まれた。大きな手が圧力をかけてきて、ふたたび床に顔を押しつけられる。頬骨が床に当たって刺すような痛みが走った。

「い、……痛いっ」

峻仁の抗議の悲鳴に、上空から冷ややかな低音が落ちてくる。

「勘違いするな」

アーサーの声だ。こちらも人間に戻ったようだ。

「おまえに拒否権などない」

「……っ」

「おまえの選択肢はふたつにひとつだ。ここで死ぬか、私の子供を産むか」

淡々とした声音にぶるりと体が震える。床の冷たさのせいだけじゃない。

生まれて初めて「死」を身近に感じたからだ。

男と自分の力の差は、先程いやというほど思い知らされた。

狼のアーサーはいわずもがな、人間のアーサーも、たぶん自分を簡単に死に至らしめることができる。

その気になれば一瞬で、自分の首をへし折ることが可能だろう。

毛穴からじわっと汗が滲み出て、肌を濡らした。

逃げるための最後のチャンスを逸《いっ》したいま、自分の命は、この暴君のような英国の人狼に握られている。

ふたつにひとつ。

生きて辱《はずかし》めを受けるか、この場で死を選ぶか。

死を選べば、二度と日本に戻れない。家族とも会えない。立花とも、みちるとも会えない。

恋も知らず、〝つがい〟の相手とも出会わないまま……。

氷のような冷たい絶望に、全身が支配されるのを感じた。

(それは……いやだ)

まだ自分は、世の中のことをなにも知らない。

行ったことのない土地。見たことのない景色。まだ読んでいない本。

知りたいこと、経験したいことがたくさんある。

それらを知らずに、異国で人知れず朽《く》ち果てたくはなかった。

(死にたくない)

死について考えているうちに、いままで意識したことがなかった生への執着が、じわじわと強くなってきた。

死んだら終わりだ。

ここで死を選べば、日本に帰ってみんなと会う希望をみずから手放すことになる。

それに、自分が死んだら、アーサーは母に手を出すかもしれない。

それを阻止しようとすれば、父の身も危うい。

――おまえの父親を殺す。

ウルフガングの殺気だった様子が蘇ってきてぞっとした。家族の死は、自分の死より怖い。

(家族が死ぬなんて……絶対にいやだ)

たとえここで陵辱《りょうじょく》されても、アーサーの望みどおりに妊娠するとは限らない。

自分は【イヴ】じゃないかもしれない。仮に【イヴ】であったとしても、いまの自分はまだ女性化していない。すぐには妊娠しないはず。

この場を堪え忍び、なんとかやり過ごせば、いつか脱出の機会が巡ってくるかもしれない。

(ここまできたらもう、その可能性に賭けるしかない)

峻仁が腹をくくったのを察知したのか、アーサーが首の圧迫を緩めた。二の腕を摑んで床から引き起こす。直後に体がふわっと浮いたかと思うと、峻仁はアーサーの肩に担ぎ上げられていた。

「……うわっ」

天地が逆になって頭に血が上る。

「は、離せっ」

足をバタつかせ、逃れようと必死に足掻いた。が、「騒ぐな」と一喝《いっかつ》され、剝き出しの尻をパシッと叩かれる。

「ひっ」

揺るぎない足取りで歩き出したアーサーが、数歩で寝台まで辿り着き、峻仁を放り投げた。

「っ……わっ……」

仰向けにシーツに落ちた峻仁は、マットレスのバウンドを利用して身を返す。四つん這いで寝台から降りようとしたが、後ろから足首を掴まれ、ぐいっと引っ張られた。がくんと突っ伏した体がシーツの上をずるずると滑る。

「うあっ……」

「暴れるな」

舌打ち混じりの低音を落とされたが、素直に「はい」と聞き分けられるわけがない。

死ぬよりはマシだと覚悟したからといって、いやなものはいやだ。性分的にどうしても唯々《いい》諾々《だくだく》とは従えない。

「離せっ……足を離せっ」

悪足掻きだと知りながらも、解放を求めて声を張り上げる峻仁の背後で、ビリッと布を裂く音が聞こえた。ばっと振り向いた峻仁の目が、尖った犬歯でシーツの端を引き裂くアーサーの姿を捉える。シーツを細く引き裂くと、アーサーは掴んでいた峻仁の右足首をその布で縛り、天蓋の支柱の一本に結びつけた。

「なっ……なにするんだよっ」

結ばれた足を焦って引いたが、布がぴんと張るばかりだ。むしろ動かすほどに、足首に布が食い込んで締めつけられる。

体を折り曲げて足首の結び目を解こうとしたが、固く結ばれているうえに焦っているせいか、うまくいかなかった。

「往生際《おうじょうぎわ》悪く暴れるからだ」

「くそっ……」

峻仁が結び目と格闘しているあいだに、アーサーはさらにビーッとシーツを裂く。裂いたシーツを閃《ひらめ》かせ、寝台の上に乗り上げてきた。

背後から迫ってくる男に恐怖を覚えた峻仁は「来るなっ」と叫んだ。しかし、そんなことではもちろんアーサーを止められない。

後ろから両腕を掴まれ、背中に回された。体を揺すって抗うも軽くいなされ、シーツの切れ端で手首をひとつに縛り上げられてしまう。

これで片脚と両手が使えなくなった。いよいよ絶体絶命だ。

(もう……逃げられない)

体温が急激に下がり、体の芯が冷たくなるのを感じる。

両手を後ろ手に縛られた状態でシーツに転がされた峻仁は、自分の足許に膝立ちになったアーサーをおそるおそる見上げた。

変身時に衣類を破いた男は、峻仁と同じく全裸だ。

改めて視界に映したその肉体の完成度に、こくっと喉が鳴る。

盛り上がった肩と逞しい二の腕。厚みのある胸筋。見事に割れた腹筋。引き締まった臀部《でんぶ》。筋肉質の長い脚。

立体的な筋肉が作り上げる陰影は息を呑むほどに美しく、こんな状況であるのにもかかわらず、束の間見惚れた。

(すご……)

アングロサクソンで、かつ獣人である男の、彫像のごとき肉体美に圧倒される。

全体的に肉が薄くて貧弱な自分とは大違いだ。

先程の狼姿と同様に、人間の姿でも大人と子供ほどの差がある。

臍《へそ》から繋がる下生え——その下の股間にまだ変化の兆《きざ》しはない。アーサーのもともとの性癖がノーマルなのか否かは知らないが、裸の自分を見たからといって即反応しないのはわかった。

ただし、勃起していなくても、充分なインパクトを与える大きさだ。

これが変化したらどうなるのか。

想像しただけでぞっと鳥肌が立つ。

(頼むからこのまま反応しないで欲しい……)

祈るような心境の峻仁を、アーサーが裏返した。顔を横向きにして気道を確保し、左の肩甲骨《けんこうこつ》の上からぐっと押さえつけてくる。

そうやって完全に動きを封じ込めてから、尻たぶの合わせ目に指を差し込んできた。自分でも滅多に触れない場所を指先でまさぐられ、腰がびくっと跳ねる。

「や、やめろっ」

大きな声で叫んだが、アーサーは寸分も躊躇《ためら》うことなく、窄《すぼ》まりの周辺を探るような指遣いでつつき回した。他人に後孔を弄《いじ》られるのは、ひたすら不快でしかない。嫌悪感ばかりが募り、なんとか逃れようと体を揺すったが、押さえ込まれた体はぴくりとも動かなかった。

「や……め……さわるなっ……ひっ」

不意にずぶっと指を突き入れられ、声が裏返る。峻仁は反射的に肛門を締め、それ以上の侵入を阻止しようとした。無理矢理こじ開けようとするアーサーと、必死に拒む峻仁の、一進一退の攻防が続く。

「い、痛いっ……抜けっ……抜けって！」

「……やはり狭いな」

何度か侵入を試みたのちに思案げなつぶやきが聞こえ、指が抜かれた。肩甲骨を押さえつけていた手も離れる。

アーサーが寝台から降りる気配を感じた。黙ってドアに向かっていく。さっき三人の男たちが出て行ったのとは別のドアで、そこにもドアがあることに、いま初めて気がついた。それほど平常心を欠いていたのだ。アーサーがドアの向こうに消えると同時に、ふーっと息を吐く。

どうせすぐに戻ってくるだろうが、ひとまずはガチガチに強ばっている体の力を抜いた。

（落ち着け）

逃れられないにせよ、少しでもダメージを軽減する方法を考えろ。

さっきの手順を探るような様子から鑑《かんが》みるに、もしかしたらアーサーも男を相手にするのは初めてなのかもしれない。

つまり、もともと性的にはノーマル。膨らみのない胸や、男性器にまるで興味を示さないのも、男がノーマルセクシャリティである裏づけのように思えた。

本来女性にしか性的興味はないが、リーダーの責務として、仕方なく男の自分とセックスしなければならない。

だとしたら、まだ希望がある。いざとなったら勃たない可能性もあるからだ。

いかに繁殖期といえども、セクシャルアイデンティティの壁は高いはずだ。そう簡単には乗り越えられない気がする。現にアーサーは、この状況を楽しんでいるようにはまったく見えない。

敢えて感情を抑え込んだような無表情で、淡々と事務的にプロセスを踏むアーサーからは、交尾に挑む雄としての高揚は伝わってこず、義務感しか感じ取れなかった。

（そうだ。あいつだって俺とするのはいやなんだ）

そのことに小さな希望を抱いているうちにドアが開き、アーサーが戻ってきた。顔を持ち上げて様子を窺うと、プラスティックのボトルのようなものを手にしている。

それがなんなのかはわからなかったが、なんとなくいやな予感がした。

焦りと不安を抑え込みつつ、ふたたび寝台に乗り上げてきたアーサーに「なぁ」と声をかける。

「あんただって本当はこんなことしたくないんだろ？　男の俺になんか興味ないはずだ」

「…………」

アーサーは答えなかったが、それこそが肯定の証のように思えた。差し込んだ一筋の光に縋《すが》るように説きつける。

「無理して俺としたって無駄だよ。俺は【イヴ】じゃないし、あんたの子供を妊娠したりしない」

「おまえは【イヴ】だ」

揺るぎない口調で断じられ、峻仁はむっとした。

「なんでわかるんだよ？」

「私にはわかる」

自信に満ち溢れた低音が言い切る。

なんでそんなに自信満々なんだ。

当の峻仁ですら知らなかったことを、赤の他人がなぜ確信を持って言えるのか。

(意味がわからない)

当惑していると、アーサーが言葉を継いだ。

「だが確かに、おまえは未熟で固い。いまはまだ【イヴ】ではない」

まだ【イヴ】じゃない。

その言葉を聞いて少なからずほっとした。どうしたって【イヴ】である自分を受け入れられなかったからだ。

しかし、安堵《あんど》の時間は一瞬だった。

「だからこそ、私がおまえのなかの【イヴ】を目覚めさせる」

アーサーの琥珀色の瞳が、刹那、ボッと点火したように「熱」を孕む。

使命感を宿した強い眼差しで、峻仁をまっすぐ見下ろした。

「私がおまえを変える」

「………っ」

不気味な宣言に、こめかみがひくっと引き攣《つ》る。

なんだ、それ。目覚めさせるってなんだよ？

（いやだ……変えられたくなんかない！）

漠然とした恐怖心に搦《から》め捕《と》られ、無意識に体を左右に揺らした。しかし、両手の縛《いまし》めはいっかな緩まず、右足首は布が食い込むばかりだった。唯一自由な左脚をばたつかせる。

「くそっ……くそっ」

「無意味な抵抗はよせ。おまえこそ抗っても無駄だ」

諭《さと》すような声を落としたアーサーが、尻の割れ目に指をかけ、ぐいっと左右に押し広げた。

「……っ……」

自分でも詳細を知らない恥部を暴かれ、カッと体が熱くなる。しかも詳《つまび》らかにされたそこに、値踏みするような視線を感じた。

(や……だ。見るな)

視線に反応してか、背中がむずむずして、全身の毛穴からじわっと汗が噴き出る。

物心がついて以降はだれにも見せたことがない。

自分ですら見たことがない場所を、会ったばかりの男につぶさに暴かれている……。

むしろ、じかに触られるよりじっくり見られるほうがつらかった。

視姦されているような気分だ。

これほどの激しい羞恥を強いられるのは、生まれて初めてだった。

(視線が……熱い)

恥ずかしくてどうにかなりそうだ。

「やめろ！　見るなって！」

声を張り上げてもまるで相手にされず、やがて剝き出しのままの後孔に、とろりとした液体を垂らされる。ふわっとハーブの香りが立ち上った。

「な……に？」

「オイルだ」

アーサーが短く答え、ハーブオイルを尻のあいだに塗り込む。ぬるぬると隘路《あいろ》を辿っていた指が、とっかかりを探るように窄まりを押した。腰がびくんっと跳ねる。

何度も継ぎ足されたオイルが太股の内側を伝い落ちてきて、アンダーヘアやシーツまで濡らす。

(気持ち悪……)

不快な感触に顔をしかめたとき、指がつぷっとめり込んできた。

「ひっ」

さっきの苦戦がうそのように、オイルのぬめりを借りて、どんどん奥まで入ってくる。括約筋《かつやくきん》に力を入れても、押しとどめることはできない。

「いやだっ……やっ」

峻仁はパニックに陥った。異物が体のなかに入ってくる感覚が、こんなにも不安を呼び起こすものなのだと初めて知った。

怖い。気持ち悪い。いやだ。

無意識にも下半身が逃げる。狼が後ろ肢で地面を引っ掻くように、シーツを足の指でカリカリと引っ掻く。

「動くな!」

一喝され、びくっと身をすくめた。

「下手に動くとなかを傷つけるぞ」

「………っ」

皮膚の切り傷なんかは慣れているけれど、体の「なか」は見えないぶん、恐怖心がいや増す。

フリーズした峻仁を片手で押さえつけ、アーサーが指を動かし始めた。ゆっくり根元まで押し込んだかと思うと、ずるっと引き抜く。

さらにはぐるりと回転され、擦られ、引っ掻かれた。

「ふっ……うぅっ」

体のなかを捏《こ》ねくり回される気持ち悪さに、胃の奥から吐き気が迫り上がってきて、呻き声が漏れる。

はじめはアーサーがなにをしているのかわからなかったが、ほどなくこれは、アーサー自身を受け入れさせるための準備だと気がついた。

(最悪だ)

額に脂汗《あぶらあせ》が浮き、目の前がうっすら暗くなる。直腸を掻き混ぜられる物理的な違和感と、精神的な屈辱感が綯《な》い交ぜになって、気が遠くなってきた。

自分が悪夢を見ているとしか思えない。

たった数日前の自分は、家族と友人、クラスメイトに囲まれて、平穏な日常を過ごしていた。

それが、ふと目覚めたら英国にいて、これから人狼に犯されようとしている。

こんな辱めを受けたうえにセックスを強要され、挙げ句に「種を仕込まれる」。

結果、下手をしたらこの傲慢な人狼の子供を妊娠してしまうかもしれない。

死ぬよりはマシだと思っていたけれど、もしかしたら死んだほうがマシなんじゃないのか？

そんな自虐的な考えが頭を過《よぎ》ったときだった。

「……ふァっ……」

アーサーの指先が当たっている場所から、ビリッと微弱な電流が走り、勝手に腰が跳ねる。

「な……に？　なに……どうし……アゥッ」

当惑の声を出していた途中で、ふたたび電流が背筋を駆け抜けた。みずからの意志とは関係なく、腰がビクビクと震える。

「な……なん……？」

脳天まで到達した電流の正体がわからずに、峻仁は両目を瞬かせた。

（なんだ？　なんで腰が勝手に跳ねる？）

「どうやら〈ここ〉らしい」

なにごとか、確信を得たかのような声を出すのと同時に、アーサーが指でぐりっと擦る。

「ひ、あっ」

擦られた場所が、それこそ電極を押し当てられたみたいにビリビリと痺れ、太股の内側も小刻みに痙攣した。

「膨らんできたぞ」

〈そこ〉を狙い澄ましたように指で擦られる都度《つど》、むず痒い感覚が生まれる。

「はっ……はっ」

薄く開いた口から熱っぽい息が漏れた。

体の中心部から発熱しているみたいに――熱い。

喉がカラカラに渇いて、目頭がジンジンと熱を持ち、瞳にはうっすら涙の膜が張っている。

（これ……って？）

頭の片隅でぼんやりと、この感覚を自分は知っていると思った。けれど思考回路がぼうっと麻痺していて、なんであるかは思い出せない。

アーサーが身を屈め、耳の後ろに唇を近づけてきた。

「……緩んできた」

息を吹きかけられた首筋がザッと粟立つ。

（あ……なに？）

背中にさざ波が立ち、シーツに触れている性器がぴくんと反応した。急激に下腹部が熱くなる。

「あ……」

ことここに至って峻仁はようやく、さっきから自分が感じている「感覚」がなんであるかに思い当たった。

快感だ。

自分は男の指遣いで快感を覚えているのだ。

頭で理解するのと感情はまた別もので、覚えず「……うそだ」という言葉が零れる。

信じられなかった。いや、信じたくなかった。

あんな場所に指を突っ込まれ、ぐちゃぐちゃに弄られて、感じている自分を認めたくなかった。

「うそだ……うそだ」

繰り返すあいだにも下腹部が張ってきて、俯せの体勢がつらくなってくる。我慢できずに腰を浮かせ、その結果、尻を突き出す格好になってしまう。

「ふっ……うぅ」

形を変えた欲望の先端から透明な蜜が溢れ、つーっとシーツに糸を引いた。アーサーが後孔を弄りながら、前にも手を伸ばしてくる。勃起したペニスを握り、ゆっくりと上下した。

「あ……ふっ」

扱《しご》かれたペニスから緩やかに快感が滲み出てきて、濡れた吐息が零れる。下腹部がうずうずと疼《うず》き、突き出した尻が前後に揺れた。

他人の手で性器を愛撫されるのは初めてだったが、自分の拙《つたな》い自慰とは快感の度合いが比べものにならなかった。

そもそも手の大きさが違うし、皮膚の硬さも違う。力の入れ加減や刺激する場所も。

予想外の場所を思いがけない形で愛撫され、新鮮な感覚に峻仁は激しい興奮を覚えた。

「……《匂い》が強くなってきた」

アーサーが耳許に吹き込む。さっきまでは感情の窺えなかった低音から、かすかな高揚が感じ取れた。

「匂……い？」

譫言《うわごと》のように繰り返す。

「発情してきたな」

どこか満足そうなそのつぶやきを、峻仁は熱を孕んだ脳裏でリフレインした。

（発情？　俺が？）

まるで実感は湧かなかったが、いま感じているのが、先程までのあやふやな感覚と違うことはわかる。

いつしか二本に増えていた指で体内を掻き混ぜられ、大きな手で濡れた性器を扱かれて、二種類の濃厚な快感が全身を蝕《むしば》んでいく。ねっとりと甘い、まるで毒のような官能が体の自由を奪う。

「ん……はぁっ」

クチュクチュと響く水音にも煽られ、瞳が濡れて鼻から甘ったるい吐息が漏れた。

（気持ち……いい）

もう認めざるを得ない。

自分はいま……感じている。

いままで知っていた快感が塗り替えられてしまうような未知の快楽を覚えている。

(溶ける……蕩《とろ》ける……)

「だいぶ解れてきたな」

ひとりごちたアーサーが指を引き抜いた。異物を失った襞《ひだ》が、物寂しげにうねる。さもしい蠢《しゅん》動《どう》に羞恥が込み上げた。

「そろそろいいだろう」

なにが「いい」のかとぼんやり考えていると、アーサーが右足首の結び目を解き、峻仁を引っ繰り返す。

向かい合った男の顔は、記憶にあるどの表情とも違った。

秀でた額と高い鼻梁、傲慢そうな眉、肉厚な唇——貌《かお》の造り自体は同じだけど、なにかが違う。

ほどなく目だと気がついた。

冬の湖面よろしく冷淡だった瞳には、いま、ゆらゆらと情欲の炎が揺らめいている。

欲情を滾らせた雄の顔に、トクッと鼓動が跳ねた。

直後、甘い《匂い》を嗅覚が捉える。

(あの……《匂い》だ)

初めてすれ違ったときに感じた、甘さのなかにもピリピリとひりつくような刺激を内包したスパイシーな《匂い》。

《匂い》はアーサーから漂ってくる。やはり男の体臭なんだろうか。

独特な体臭を吸い込むと、《匂い》に酔ったように頭がクラクラしてきて……。

心地よい酔いに身を委ねていた峻仁の両脚を、アーサーが摑んで大きく割り広げた。

「……っ」

その衝撃で我に返る。

はっと目を見開いた峻仁は、視界に映り込む——猛々しくエレクトした雄の印に息を吞んだ。

最後に見たとき、それはまるで反応していなかった。

それがいつの間にか、凶器と見紛う大きさに変貌を遂げている。

おそろしいのに目が離せず、アーサーの禍々《まがまが》しい股間を凝視していると、さらに開脚されて体を折り曲げられた。なにをしようとしているのか、頭が追いつく前に、さっき指を抜かれたばかりの場所に先端をあてがわれる。

心の準備もなく、いきなり凶器で穿《うが》たれた。

「いっ……——」

キャパシティを超えた質量が押し入ってくる衝撃に、全身の産毛がザッと逆立つ。すべての毛穴から冷たい汗がどっと噴き出した。

ついさっきまで肉体を蕩けさせていた快感は一瞬で吹き飛び、初めて体感する痛みが全身を支配する。力尽くでこじ開けられている場所から、体がバラバラになりそうだった。

「い、痛いっ……痛いぃっ」

もはや虚勢を張る余裕もなく、峻仁は大声で泣き叫んだ。

「ぬ、抜いてっ……抜けよぉ……ッ」

悲鳴じみた懇願にも、男は怯まない。

峻仁が泣こうがわめこうが、これが自分の使命だと腹をくっているかのように動じず、体を押し進めてくる。

「ひぃっ……あ……あ……」

両手を縛られ、両脚を強い力で摑まれた峻仁に、一族の命運を担った男の侵入を食い止める手立ては残されていなかった。

ゆっくりとではあったが、楔《くさび》を、確実に打ち込まれる。じりじりと体を開かれる。

すべてを埋め込まれた時点で、峻仁は精も根も尽き果てていたが、アーサーは容赦がなかった。

これからが本番だと言わんばかりに動き始める。

「……うっ……う……あぁ」

ついに、「種付け」が始まったのだ。

数時間にわたり、インターバルを挟んで、繰り返し犯された。

毎回フィニッシュでは、男の熱い精液を溢れるほどにたっぷりと注ぎ込まれる。

おびただしい量の精子を注ぎ込むことで、アーサーは、峻仁のなかの【イヴ】が目覚めると確信を抱いているようだった。

涙と汗と涎《よだれ》、ふたりぶんの体液で寝具はぐちゃぐちゃになり、峻仁は髪の毛までどろどろになった。

肌にまとわりつく体液には、みずからが放った精液も混じっている。

前立腺を「なか」から刺激されることで勃起はするものの、達することのできない峻仁を、アーサーは性器を弄って射精に導いた。

射精によっていっとき苦しみから解放されても、少しのインターバルを置いて、また次の責め苦が始まる。

いっそ気を失えれば楽だった。

だが、肉体の痛みがそれを許さない。

精力の衰《おとろ》えを知らない絶倫男に、気が遠くなるほど揺さぶられ、貫かれ、突き上げられ——何度も、もう死ぬと思った。

繁殖期のアルファ狼のおそろしさを身をもって知った。思い知らされた。

繰り返される陵辱に時間の感覚もすっかり失われたころ、ようやくアーサーは峻仁の体を離した。ぐったりと伏す峻仁を置き去りにして寝台から降り、ローブを羽織ってドアに向かっていく。一度も背後を顧《かえり》みることなくドアに歩み寄り、部屋を出て行った。

バタンとドアが閉まり、寝台にひとり取り残された峻仁は、しばらく身じろぐことすらできなかった。

腰は酷使されすぎてすでに痛みの感覚がない。じくじくと疼くような痺れと、長時間固いものが挟まっていた感覚だけが残っている。男がずっと出し入れしていた場所がどうなっているのか、心配だったけれど、確かめるために指一本動かすのも億劫《おっくう》だった。

体じゅうの関節という関節がギシギシ軋んでいるが、とりわけ痛むのは、開脚を強いられ続けていた股関節だ。

それと、後ろ手に縛り上げられていた腕の付け根。暴れた際に紐に擦れた場所が傷になっているらしく、手首や足首もヒリヒリ痛む。

もっとも縛め自体は途中で解かれていた。

おそらく峻仁の様子から、もはや逃げ出す力がないと判断したんだろう。

悔しいけれど、その判断は正しかった。手足が自由になったところで、それを使って男を攻撃して逃げるような気概《きがい》は、欠片も残っていなかった。

最後のほうは記憶すら飛び飛びだ。たぶん、何度か短時間気を失っていたんだろう。

朦朧《もうろう》とでも意識があるあいだは、とにかく一分でも一秒でも早くこの苦しみが終わって欲しいと、そればかり願っていた。

「…………」

そうして地獄の責め苦から解放されたいま——まだ男が自分のなかにいるような異物感が残った体をシーツに横たえ、なかば放心状態で天蓋を見上げている。

(……なんにも……できなかった)

アルファ狼の絶大な力の前に、自分は情けないほどに無力だった。

赤ん坊のように非力だった。

まるで歯が立たなかった。

ろくな抵抗もできずに、好き勝手にされて……。

これでもかというほどプライドを踏みにじられ、女みたいに犯されて。

虚脱して空洞だった心に、じわじわと敗北感が込み上げてくる。

あの男と会うまでの自分は、ある意味で無敵だった。

同じ人狼の血を引く希月は別として、運動にしても、学力にしても、負け知らずだった。

物心ついたときにはもうそうだったから、特別そこに優越感を抱くこともなかった。

他人より秀でていることは、意識する必要もないくらいに、当たり前のことだったのだ。

だが、アルファであるアーサーと彼我の差はあまりに大きく、まるきり敵わなかった。

この寝台の上で、アーサーは強者であり、自分は弱者だった。

完全なる敗北。完敗。

完膚《かんぷ》無《な》きまでに叩きのめされたと言っていい。

命まで取られなかったのは、男が自分を【イヴ】だと思っているから。

自分に、ゴスフォード一族を救う可能性があるからだ。

つまり、あれでも相当に手加減されていたということ。

【イヴ】だと思われていなければ、狼化して闘いを挑んだ時点であっさり殺されていただろう。

そう思うと、余計に惨《みじ》めさが募る。

十六年の人生で培《つちか》ったちっぽけな矜持《きょうじ》など、なんの役にも立ちはしない。

少しくらい他人より知識が豊富だったところで、圧倒的な力の差の前には意味を成さない。

それを思い知らされた。

(……無力だ)

俺は無力だ。人間と比べて多少ポテンシャルが高くたって、それに意味なんかない。

なのにいい気になって、平和な日常を疎《うと》み、退屈だなんて……思い上がっていた。

驕《おご》っていた。馬鹿だった。

だからきっと天罰が下ったんだ。

体液で汚れたシーツを手繰《たぐ》り寄せ、ぎゅうっと握り締める。目頭がじわっと熱くなって、視界が潤んだ。

目を閉じた眼裏に、希月の顔が浮かぶ。いつもの笑った顔だ。

自分にとって平和の象徴である兄の笑顔。

いつだって一緒だった兄。

でもいまは、その存在が遠い。

同じ遺伝子を持って、同じ日に生まれ、同じ環境で育ち、同じ学校に通って、同じことで笑って泣いて——。

でも、もう違う。いまの自分は希月と違う。

自分はあの男に汚されてしまった……。

物理的な距離よりも希月を遠く感じた峻仁は、震え声で兄を呼んだ。

「キヅ……！」

＊＊＊

呼ばれたような気がした。

ぱちっと目を開き、がばっと起き上がる。

「……タカ？」

暗い室内。

自分の部屋だ。とっさに首を捻《ひね》ってベッドサイドの目覚まし時計を見る。

午前五時二十分。まだ夜明け前だ。

ここ数日まともに睡眠を取っていなかったので、さすがに限界が訪れ、いつの間にか少し眠ったようだ。とはいえ二時過ぎまでは起きていたから、三時間ほどか。

「…………ふー……」

ひんやり冷たい顔を手のひらで撫で上げ、希月は深いため息を吐いた。

夢のなかで一瞬、峻仁の思念のようなものを捉えた気がしたが、はっきりと掴む前に立ち消えてしまった。

——キヅ……！

本当に峻仁の声だったのか。

それとも、峻仁を求めるあまりの幻聴か。

煙のように忽然《こつぜん》と、峻仁がいなくなって三日が過ぎた。

父と母は無論のこと、祖父も大叔父も叔父も立花も、都築も水川も、家族と身内のだれもが、失踪した峻仁を血眼《ちまなこ》で捜している。

もちろん自分だってそうだ。

インフルエンザにかかったという嘘の理由で学校を休み、心当たりをくまなく捜し回ったが、峻仁を見つけることはできなかった。

学校からの帰宅途中、みちると別れたあと、自宅に戻るまでのわずか数分間。その数分のあいだに峻仁の身になにが起こったのか。

目撃者もおらず、情報も摑めないままに三日目も暮れた。

母は気丈に振る舞っているが、顔色が悪い。眠れないんだろう。父がそばについていてくれているから、かろうじてなんとかもっている状態だ。昨日の夜は立花と叔父が家に来て、四人でずっと話し込んでいた。

大神組と敵対する組織の仕業《しわざ》ではないかと疑い、叔父たちが探っているが、いまのところ有益な手がかりはないようだ。

自主的な家出なのか、何者かによる誘拐なのか、それすらもわからない。

誘拐であったならば、犯人側からの接触があるはずだが、現時点ではそれもない。

それでもまだ、警察には捜索願を出していなかった。

両親と祖父、大叔父、そして叔父で話し合った末の判断だ。

人狼である自分たちが、存在を公《おおやけ》に知られることは、一族の「終わり」を意味する。

世間の耳目《じもく》を集めるような事態は、できる限り避けなければならなかった。

限界まで警察を頼らず、自分たちの力で峻仁を捜す。

苦渋の決断だが、そうせざるを得ないのだ。

それゆえに、峻仁の失踪は学校にも伏せられ、いまのところ希月と同じくインフルエンザで欠席ということになっていた。事態が長びくようなら、また別の対処法を考えるらしい。

身内以外で本当のことを知っているのは、みちるだけだ。

毎日一緒に登下校していたみちるにだけは隠し通すのがむずかしく、口止めしたうえで峻仁の失踪を打ち明けた。

みちるもインフルエンザを理由に学校を休み、捜索に加わってくれている。「期末試験もあるし、そこまでしなくていいから」と言ったのだが、「タカが心配で試験どころじゃない」と泣きそうな顔で訴えられた。

その気持ちも痛いほどわかったので、みちるの家族には内緒で、日中も一緒に捜索してもらうことにしたのだ。

しかし、峻仁の消息がいっこうに摑めないせいか、日に日にみちるが憔悴してきて……いまに倒れるんじゃないかとそれも心配だ。

かくいう自分も、峻仁がいなくなってからずっと気持ちが落ち着かない。食欲もなく、夜も眠れない。

傍らにあって当然のものが、そこにない欠乏感が大きいのだと思う。

生まれたときから一緒で、過去一度もこんなに長く離れていたことはなかったから。

「タカ……」

弟が行方不明になってから、希月は必死に、いなくなる前の峻仁の言動を思い出した。

どこかおかしなところはなかったか？

悩んでいる様子は？

失踪に繋がるヒントは？

だけど、思い出せなかった。

あまりに近くにいすぎて、それが日常だったから、弟のことをちゃんと見ていなかった。

そばにいるのが当たり前で、その存在を空気みたいに思ってしまっていたのだ。

部活をやるようになってから、バスケがおもしろくて気持ちがそっちにいってしまっていたせいもある。

もしかしたら、弟にはなんらか悩みがあって、人知れず思い煩《わずら》っていたのかもしれない。

なにか今回の件に繋がる兆候《ちょうこう》があったのかも。

そのシグナルを、自分は見逃していたんじゃないか。

一番、だれよりも峻仁の近くにいたのに……。

そう思うと胸が苦しくなる。

自分が気がついてやるべきだった。たったひとりの兄弟なんだから。
そしてもし、失踪が自主的なものではなく、第三者の手による誘拐なのだとしたら。
自分が峻仁を捜して、救い出してやらなくちゃいけない。
自分たちは双子なんだから。
生まれたときからの運命共同体なんだから。
(俺が……やる。必ず、捜し出す)
決意を胸に、希月はふたたび暗闇に呼びかけた。
「タカ……おまえ、どこにいるんだよ」

5

ガチャリとノブが回る音が響き、おずおずとドアが開いた。

だれかが入ってきた気配を感じながらも、天蓋《てんがい》を見つめたまま峻仁《たかひと》が動けずにいると、そのだれかが寝台に近づいてくる。

「……大丈夫？」

心配そうに話しかけられ、峻仁はのろのろと顔を横向けた。

長い銀髪と水色の瞳。ユージンだ。

全裸で体液まみれの峻仁の姿を見て、細い眉をひそめる。

ここまでボロボロだと取り繕いようもなく、峻仁は黙ってユージンの視線を受け止めるしかなかった。

それに、隠したところでユージンはもう知っている。

自分がアーサーに犯されたことは、ゴスフォードには周知の事実だ。

「……大丈夫に見える？」

峻仁の問い返しに一瞬だけ、ユージンは痛ましげな顔をした。だがすぐにその表情を引っ込め、患者を診《み》る医師のような顔つきで尋《たず》ねてくる。

「どこか痛いところは？」

そういえば、医療の心得があると言っていた。

ユージンの自己紹介を思い出した峻仁は「……手首と右の足首」と答える。

峻仁の回答にうなずき、手首と右足首の具合を診たユージンが、「擦れてかなり赤くなっている。シャワーを浴びてから薬をつけよう」と言った。

ユージンがバスローブを持ってきて羽織らせてくれる。手を借りて起き上がり、床に降り立った。股関節がギシギシ痛んで、そこからたった数メートルの距離を歩くのも一苦労だった。

肩を貸してもらいつつ誘導された先は、アーサーがハーブオイルを取りに行ったドアだ。ユージンがドアを開けると、総タイル張りのパウダールームが見える。

まず大理石の洗面台が目に入った。丸椅子の置かれた脱衣スペースの右手に衝立《ついたて》があり、どうやらその奥がトイレらしい。左手の、白いカーテンで仕切られた向こうがバスルームのようだ。半分開かれたカーテンから、タイルの壁にシャワーが備えつけられているのが見えた。シャワーの下には陶器のバスタブが置かれている。

ユージンは峻仁を丸椅子に座らせておいて、シャワーの温度を調節した。「うん、ちょうどいい温度だ」とつぶやいた彼に手助けしてもらってバスタブのなかに入る。

全身についた体液をざっと流してから、ボディソープを泡立て、頭から足の爪先までを泡だらけにした。ユージンがシャワーで泡を流すのを手伝ってくれる。

キュッとカランを捻《ひね》ってシャワーを止めたユージンが、言いづらそうに切り出した。

「その……自分で……出せる？」

なにを「出す」のかと訝《いぶか》しんでいたら、「そのままだと……腹痛を起こすかもしれないから」と言葉を継がれる。それで、あっと気がついた。

体内に残っているアーサーの精液だ。

思い至ると同時にカッと全身が熱を孕《はら》み、燃えるような屈辱が蘇《よみがえ》る。

ぐっと奥歯を噛んで羞恥を堪《こら》え、峻仁は低く答えた。

「自分でやる」

こんなことで他人の手を借りられない。

峻仁の返事にどこかほっとした様子で、「じゃあ、僕は外にいるね。なにかあったら呼んで」と言い置き、ユージンはパウダールームから出て行った。

ドアが閉まるのを待ち、峻仁はタイルの壁に左手をつく。右手を後ろに回し、尻のあいだをまさぐった。まだそこは熱を持ってジンジン痺れていたが、お湯が沁みないところをみると、どうやら傷ついたり、裂けたりはしていないようだ。

アーサーはあれでも一応、怪我をさせないように気を配《くば》ったらしい。

（ここで壊してしまったら意味がないからだろうけど）

顔をしかめて、おそるおそる指をなかに押し込んだ。こんな場所に指を入れるのはもちろん初めてだ。指先がどろっとしたものに触れる。

「うわ……」

アーサーの精液だと思ったら、ぞくっと背筋が震えた。

あわてて指を引き抜き、シャワーのカランを捻る。シャワーノズルを尻に押し当て、お湯をかけながら指で掻き出した。

掻き出しても掻き出しても、まだ奥からどろっと出てくる。

どれだけ注ぎ込んだんだ、人の体をなんだと思っているんだと、いまになって怒りがふつふつと沸き上がってきた。

「……ちくしょう……なんで俺がこんなことっ」

罵声《ばせい》と一緒に精液を掻き出してはシャワーで流す。

やっと、ぬめるような感覚がなくなってほっと息を吐いた。それでも念のために、シャワーを押しつけて何度も流す。男の痕跡をきれいさっぱり、完全に洗い流してしまいたかった。

そうやって精液を全部掻き出したあとも、まだなにかが挟まっているような違和感は消えなかった。これればかりは時間の経過を待つしかない。

カランを捻ってシャワーを止めた峻仁は、バスタブに栓をして、蛇口を開いた。ほどなく半分ほど溜まったお湯に、膝を抱えて体を沈める。

「……ふぅ……」

これだけの作業でも全身を疲労感が襲い、深い息が漏れた。と、そのタイミングを見計らっていたかのように、コンコンコンとノックが響く。

「入ってもいい？」

ユージンの声だ。

「どうぞ」

ふたたびドアが開き、ユージンが入ってきた。バスタブに体を沈めた峻仁を見て、安堵《あんど》の表情を浮かべる。うまく処理できたようだと思ったらしい。

「体があったまったら、傷の手当をしよう」

十分ほどお湯に浸かり、体があたたまるのを待って、ユージンが用意してくれた新しいバスローブに袖を通した。さっきのバスローブは汚れてしまったからだ。

ユージンがタオルで髪と体の水分を拭き取ってくれる。甲斐甲斐《かいがい》しく面倒をみてくれる男に、峻仁は敢《あ》えて逆らわずに身を任せた。

体があったまったことでいっそう気だるさが増して、抗《あらが》うのが億劫《おっくう》だったのもあるが、ユージンという男の本質が善良であると感じたせいもある。まだ会って間もなく、直感でしかなかったが、男が発するオーラはふんわりと穏やかだった。捕食者オーラをギラギラと発していた三人の男たちとは違う。

鏡の前に座った峻仁の後ろに立ち、ユージンがドライヤーで髪を乾かし始めた。その指から伝わってくる思念は、あくまでもやさしい。陵辱《りょうじょく》のあいだ、ずっと強ばっていた体がゆっくりと緩むのを感じて、目を閉じた。

ユージンの癒しのオーラに包まれながら、目覚めてから現在に至るまでの怒濤《どとう》の経緯をつらつらと反芻《はんすう》する。

展開が急すぎて一瞬のようにも感じるし、アーサーに犯されていた時間は永遠にも思えた。

いずれにせよ、自分の人生はこの数時間で激変してしまった。

正確には、アーサーという男と出会った瞬間に変わったのだ。

(そういえば……)

なぜアーサーは希月《きづき》ではなく、自分を攫《さら》ったのだろう。

たまたま？　偶然？　家の前で張っていたら、先に帰ってきたのが自分だったから？

それとも、同じ母の血を引く双子でも、希月は【イヴ】じゃないと判断したのか。

——おまえは【イヴ】だ。

——私にはわかる。

アーサーはなぜか、峻仁が【イヴ】であると確信を持っているようだったが……。

(でも、よかった)

希月でなくてよかった。

いまここにいるのが希月でなくて……よかった。

もし兄がこんな目に遭《あ》ったら……耐えられない。そのほうが何倍もつらい。

想像しただけで胸がキリキリと痛み、ぎゅっと奥歯を噛み締めたとき、耳許でパチンと音がした。ドライヤーをオフにしたユージンが、「乾いたよ」と告げる。峻仁は目を開けた。

鏡に映った自分は、どことなく、以前の自分と違う気がした。

アーサーに無理矢理体を開かされ、「種」を埋め込まれる前とは違う。

どこがどう違うと、具体的には言えないけれど。

「……ありがとう」

ユージンが微笑み、峻仁の髪に触れた。

「きれいな黒髪だね。指どおりがよくて絹糸みたいにさらさらだ。瞳も髪の色を映し込んだような漆黒で、黒曜石《こくようせき》のようだ……」

うっとりとした口調でつぶやいてから、「僕はこんな色だからうらやましいよ」と吐息混じりにつけ足す。

峻仁からしてみれば、ユージンの白銀の髪も充分に神秘的で美しく見えるが、どうやら彼自身はそう思っていないようだ。

「その髪の色は生まれつき？」

「そう。一族のなかで僕だけがこの特殊な容姿に生まれついた。弟のアーサーは、見てのとおり琥珀《こはく》色の瞳にダークブラウンの髪だ」

「……え？」

峻仁は思わず声を出した。

「弟？　アーサーが？」

似ても似つかないふたりが兄弟だというのも、それだけで充分に違和感を抱かせたが。

「ユージンのほうが上？」

峻仁の目にはユージンのほうが、アーサーより十くらい年下に見えた。するとユージンがふふっと笑う。

「こう見えても、アーサーより二十歳以上年上だよ」

「二十……？　え？　ええっ」

アーサーの実年齢はわからないが、仮に三十代として、じゃあユージンは五十代!?

「見えない……まったく見えない。二十代かと思っていた」

「生まれつき虚弱体質で、色素も全体的に薄かったんだけど、そのせいかどうか……二十代のなかばくらいで成長が止まってしまったんだ。以来ずっとこの見た目だ」

あまりうれしくなさそうに告白する。

年を取らないなんて、世の女性からしたら羨望《せんぼう》の的だろうし、どれだけの大金を積んでも老化しない体が欲しいと願う人間も多そうだ。

そんなふうに考えていて、ふと、思い当たった。

「ああ……でもうちの祖父もそうだ。少なくとも外見上は年を取らない。俺たちが生まれたときからまったく変わっていない」

「神宮寺《じんぐうじ》の長が？　ちなみに狼のときの僕は、毛並みが白で水色の瞳なんだけど」

「祖父も白い狼だよ。瞳は赤だけど。でもどこかでユージンと共通する遺伝要素があるのかも」

「そうか……やはり僕たちは遠い祖先で繋がっているのかもしれないね」

感慨《かんがい》深そうな声を出したユージンが、不意に表情を曇らせる。

「……すまない」

突然謝られて「なにが？」と訊《き》き返した。

「こんなふうに……無理矢理攫うような真似をして」

鏡に映ったユージンは、苦悶《くもん》の表情を浮かべている。その顔を見たら、しばらく収まっていた苛立ちがまたぞろ復活してきた。

「謝られたってしょうがない。悪いと思うなら、俺を家族のもとへ帰してくれ」

峻仁の要求に、ユージンの顔がますます苦しげに歪《ゆが》む。

「力になれなくてすまない……僕はオメガだから……僕の意見はだれも聞き入れない」

〈オメガ〉は群れで最下位のポジションの狼だ。他の狼たちから虐《しいた》げられ、フラストレーション発散の捌《は》け口にされることもあると本で読んだ。

子供のころから人狼のルーツに関心があった峻仁は、狼に関する文献や、インターネット上の情報に目を通してきた。同じ双子でも、希月はまったく興味を示さなかった。

「体が弱かった僕は、いつだってみんなの足手まといだった。……だから医術を身につけたんだ。それと、生まれつき持っている特殊な能力のおかげで、なんとか一族の一員として認められている」

「狼の群れが厳しい階層社会だっていうのは知っているけど……あんたたちの一族もそうなのか」

「ああ。アーサーがリーダーの〈アルファ〉で、従兄弟のエドガーがサブリーダーの〈ベータ〉。同じく従兄弟のウルフガングは三番手だ。僕は〈オメガ〉で最下位。この順位は絶対だ」

その手の格付けは神宮寺には存在しなかった。

祖父が一族の精神的な統率者ではあるが、陣頭指揮を執《と》るリーダーの座は叔父に引き継がれている。そういった意味で、神宮寺にもアルファ的なリーダーは存在する。

だが、叔父がリーダーだからといって、その叔父より母の地位が下ということはない。自分と希月のあいだにも、どちらが上でどちらが下などの順位はない。常に同等だった。

その点、世界有数の大都市東京で暮らす神宮寺は、環境に則して現代的。

対して、豊かな自然が残る山岳地帯で暮らすゴスフォードは、いまだ狼の厳しい戒律のなかに生きていると言えるのかもしれなかった。

「絶対……なはずなんだが、うちの場合、群れのなかでアーサーが一番年下なので、やや事情が複雑だ」

ユージンがまさしく複雑な面持ちで言葉を継ぐ。

「一番年下のアーサーがアルファになった理由は？」

「亡くなった前当主オズワルドの孫であり、直系の血を引くという点では、エドガーもウルフガングも、そして僕も……みんなが横並びだった。条件が同じ四名のなかから、オズワルドは、最年少のアーサーを選び、ゴスフォードの新当主兼アルファに指名したんだ。長老の意向は絶対であり、その決定にはだれも逆らえない。そして実のところ、アーサーはオズワルドの期待に応《こた》え、アルファとしての役割を充分に果たしてきた」

そう告げるユージンの白い面《おもて》には、弟を誇りに思う心情がそこはかとなく滲み出ている。

「その役割のひとつが、俺を犯して子供を産ませること？」

峻仁の尖った声音に、ユージンがぴくっと肩を揺らした。

鏡のなかでばつの悪そうな顔をして、じわじわと俯《うつむ》く。

「一族の滅亡を食い止めることが、アーサーに課せられた最優先タスクだ……」

「そのためには、一族に関係のない他人を攫ってきて、犯すことも辞さないって？」

ユージンが悪いわけじゃないとわかっていても、鬱憤《うっぷん》が溜まっていたぶん、いったん堰《せき》を切ってしまうと非難の言葉が止まらなかった。

「きみからしてみたら理不尽だと思って当然だし、実際、ひどいことをしていると思う。けれど……もう長い間、人間の女性とのあいだに子供ができない状態が続いていて……このままでは僕たちは滅びるのを待つばかりなんだ……」

ユージンが、消え入りそうな声で釈明する。

どうやらゴスフォードを追い詰めている問題は、人間とのあいだに子供ができないことらしい。

次世代への架け橋である子供が生まれなければ、早晩一族の血が絶えるのは自明《じめい》の理《り》だ。

かつて、神宮寺も同じように、存続の危機に直面していた時期があった。

その危機は、跡継ぎである叔父と母が選んだ〝つがい〟の相手が、同性であったことに起因していた。男同士のあいだには、当然ながら子供はできない。

おそらく当時は一族を揺るがす大問題だったのだと思うが、結果的に【イヴ】の素質を持つ母が女性化し、自分たちを産んだことで、最悪の事態は回避された。

それと同じ奇跡を、ゴスフォードは、彼らが【イヴ】だと信じている自分に求めているのだ。

確かに子供ができないのは彼らのせいではないし、滅亡を待つばかりの状況は同情に値する。

（けど……それにしたって勝手すぎる）

理由がわかったからといって納得できるものではない。直接関係のない自分を一方的に巻き込むのは、いくらなんでも乱暴だし、誘拐もレイプも犯罪だ。

大体にしてあの男は、犯すだけ犯して後始末を兄に押しつけ、様子を見にも来ない。

（最低だ……）

「一族が抱える事情はわかったけど、だからといってそれが俺をレイプしていい理由になるとは思えない」

冷ややかな声音で反論を紡ぐと、ユージンが柔順に「うん……わかっている」とうなずく。

項垂《うなだ》れていたユージンが顔を上げ、水色の瞳で峻仁をじっと見つめてきた。

「許して欲しいなんて虫がいいことは言わない。憎まれて当然だ。ただ……アーサーも好きできみにああしたわけじゃないってことだけはわかって欲しい」

「…………」

弟を庇《かば》おうと一生懸命なのはわかったが、心に響かない。

好きでしたわけじゃない……にしては執拗《しつよう》だったし、情け容赦が一切なかった。

「悪いやつじゃないんだ。さっきだってまっすぐ僕のところに来て、きみの具合を診てやってくれって」

「あの男が？」

訝しげな声が出る。用は済んだとばかりに一顧《いっこ》だにせず部屋を出て行った姿からは、自分を気にかけている心情を伺い知ることはまるでできなかった。

「きみに対して冷淡なのは、おそらく情が移らないようにしているんだと思う。そうなってしまったら、タスク遂行がむずかしくなるから」

ユージンの推測は、峻仁の耳には的外れに聞こえた。

「それで？　いまアーサーは？」

うっと言葉に詰まったユージンが、ほどなく気まずそうにつぶやく。

「コッツウォルズにある本邸の『ゴスフォード・ハウス』に戻った」

ほら見ろ、と言いたかった。

結局、兄に面倒を押しつけて、自分はさっさと自宅に戻ったんじゃないか。

——私がおまえのなかの【イヴ】を目覚めさせる。

——私がおまえを変える。

傲慢《ごうまん》な眼差《まなざ》しと物言いが耳殻《じかく》にリフレインして、胃がむかむかした。

どんなに泣いてもわめいても手を緩めようとしなかった。

これは悪夢でもなんでもなく、残酷な現実で、だれも助けてくれない——そう覚《さと》ったときの真っ黒な絶望感。

あの暴君が、自分をゴスフォードの生け贄《にえ》にしたのだ。

（……許せない）

だれが許すものか。

峻仁はギリッと犬歯をすり合わせた。

いまはまだ、ダメージが大きくてまともに歩くことすらままならない。

未熟な自分は、新月のターンに変身しても長く続かない。それはすでに身をもって知った。

だけど体力が回復して月が満ちたら、絶対にここから——あの男から逃げ出してやる。

（家族のもとへ……日本へ帰るんだ）


それからの二日間、峻仁はひたすら昏々《こんこん》と眠り続けた。

目を覚ますのは、ユージンが部屋まで食事を運んできてくれるときだけ。運ばれた三度の食事は残さずに食べ、体力回復に努めた。

いざ脱出のチャンスが訪れた際に、体が動かなかったら意味がない。

その時期が来たらすぐさま行動に移せるように、いまは失った体力を取り戻すべきだ。

目標が定まったせいで、ともすればじりじりと這い上がってくる焦りや不安感をどうにか抑え込むことができた。

自分ではどうにもできない先のことをあれこれと思い悩んで、結果的にストレスを抱え込むようでは逆効果だ。

とにかくいまは体を休めることが最優先。そう自分に言い聞かせる。

激しいダメージを受けた体と精神が睡眠を欲しているのか、いくらでも眠ることができた。

トイレに行く以外、峻仁がほぼ寝台で過ごした二日間、アーサーは顔を見せなかった。

ユージンが言っていた本邸の『ゴスフォード・ハウス』とやらにいるのだろう。

顔を出したアーサーに、またいきなり犯されるんじゃないかという不安が頭から離れなかったから、二日目がなにごともなく暮れたときには心底ほっとした。

と、同時に胸のなかにもやもやした感情が芽生える。

(結局、ほったらかしかよ)

ユージンに任せ切りで、自分は様子ひとつ見に来ない。

それはとりもなおさず、男が峻仁個人にまったく興味がないことの表れで……。

アーサーにとって自分は、少なく見積もっても数人……下手をしたら数十人目の相手であり、しかも対象外の同性で感情が伴わない関係だ。アルファとしての使命さえ果たせば、特段にフォローする必要性も感じないのだろう。

だけど、峻仁にとってアーサーは、みずから望んだ結果ではないにせよ「初めての相手」だ。

最悪な形でヴァージンを奪った憎き男であっても、本当にどうでもいい扱いをされれば、やはり気分はよくなかった。

(いや……来ないほうがいいんだ。いいに決まってるだろ)

イラつくのは、くだらないプライドのせいだ。

いままで生きてきて、こんなふうに邪険にされたことがなかったから。

(あんなやつ、どうでもいい。むしろこっちから願い下げだ)

自分のちゃちな自尊心となんとか折り合いをつけ、それでもまだ胸の片隅に釈然としないものを抱えつつも眠りについて——迎えた翌朝。

「おはよう」

「……おはよう」

ユージンが寝台まで目覚めのミルクティを持ってきてくれた。銀のトレイにポットとティーカップを載せてきて、枕元で注いでくれる。

英国人は紅茶好きと聞いていたけれど、本当に日に何度も飲むようだ。自分のために紅茶を淹《い》れるたび、ユージンは峻仁の部屋にも運んできてくれるので、タイミングが合えばその都度《つど》飲むことになる。

ミルクと砂糖がたっぷり入ったミルクティは芳醇《ほうじゅん》かつ濃厚で、いままで飲んだどの紅茶より美味しかった。そもそも茶葉からしてクオリティが違うのかもしれないし、淹れ方による違いもあるのかもしれない。

(今朝も美味しい)

天蓋付きの寝台でアンティークのティーカップに入った香り高い紅茶を味わっていると、なんだか自分が外国映画の主人公にでもなったような気分になってくる。

峻仁がミルクティをきれいに飲み干すのを待って、ユージンが「調子はどう?」と尋ねてきた。

「……だいぶいい」

起きた瞬間から体力が回復しているのを感じていた。昨日の夜寝つくまで全身を覆っていた倦《けん》怠《たい》感《かん》やひどかった筋肉痛も、すっかり消えている。

「起きてみる？」

問いかけの言葉にうなずく。実際にどの程度まで復調したのか確かめたかったし、部屋の外の様子も探りたかった。

肩を貸そうとするユージンに「大丈夫」と断り、ラグの上に揃《そろ》って置かれた革のルームシューズに足を入れる。

昨日まではトイレに行くのにも足許が覚束なかったが、今朝はふらつくこともない。

パジャマの上にガウンを羽織り、ドアの外に出た。部屋から出たのは初めてなので勝手がわからず、傍《かたわ》らのユージンが誘導してくれるのに任せる。

板張りの廊下には窓がなく、照明は天井から下がるキャンドルシャンデリアと、壁に等間隔に据えられたウォールランプのみ。そのウォールランプを挟む形で、やはり等間隔に扉が四つ並んでいた。

四つの扉の前を通過し、角を曲がると階段にぶつかる。真っ赤な絨《じゅう》毯《たん》が敷かれた木の階段だ。手摺りが黒光りしていて年季を感じさせる。

「さっきの部屋……二階だったのか」

「そう、二階にゲストルームと居住者の個室があるんだ」

峻仁が使っていた部屋は、窓に鎧戸《よろいど》が下りていたので、それすらわからなかった。

「一階には共有スペースがある。階段、降りられそう？」

「……たぶん」

手摺りを使って一段ずつゆっくりと階段を降りる。一階に着いて、ふたたび並んで歩き出した。

「ここが食堂、こっちは厨房、このドアが一階のレストルームで、ここはランドリールーム」

ユージンがいちいち説明してくれる。共有スペースをひととおり案内されて、最後に木製の大きな二枚扉に辿り着き、それをユージンが開けた。

「………っ」

目を射《い》る光に、とっさに顔を背ける。ずっと光量を絞った薄明かりの下にいたので、ひさしぶりに体感する眩《まぶ》しさだった。

徐々に目が慣れてきて、室内の様子があきらかになってくる。

見上げるほど高い天井一面に描かれているのは、緻密《ちみつ》なタッチの森と動物の絵だ。天井からぶら下がるドロップシャンデリアは光を受けて宝石のように煌《きら》めいている。

向かって右手には、赤々と燃える暖炉《だんろ》があった。煉瓦《れんが》造りの暖炉を取り囲むように、ローテーブルとソファが置かれている。ゴブラン織りの絨毯が敷かれた床には、猫脚のラウンドテーブルやガラスのキャビネット、カウチ、コンソールテーブルが、まるでアンティークギャラリーのように点在していた。

左手の壁は、革表紙の本が隙間なく詰まった書架で覆われている。別の壁には装飾的な額縁に入った油絵や鏡、タペストリーが、空間を埋め尽くすようにみっしりと飾られていた。

「ラウンジだよ。客間兼居間」

ユージンが教えてくれる。

寝起きしていた部屋も、峻仁からしたら充分に豪華だったが、このラウンジはレベルが違った。部屋自体の設《しつら》えも、置いてある調度品も、見るからに歴史がありそうで……。

(……すごい)

なかば圧倒される気分で、広々とした空間をぐるりと見回した峻仁は、カーテンがドレープを描いて下がる窓に目を止めた。ふらふらと歩み寄り、窓ガラスに顔を寄せる。

「……雪!」

思わず声をあげた。自分の息で曇ったガラスを袖口で拭き、さらに顔をくっつける。

視界に映るのは、林立する凍った樹木と、厚く雪が降り積もった大地。

一面の銀世界だ。

東京もたまに雪が降る。でもこんなふうに、すべてを覆い尽くすように積もったりはしない。

(本当に……英国なんだ)

ここは住み慣れた――みんながいる東京じゃない。

いまさらながらに実感が込み上げてきて、背筋がひやっとした。

「今年は降雪が多くてね。森もすっかり雪に覆われてしまった」

すぐ後ろからユージンが話しかけてくる。相槌《あいづち》を打たずに峻仁が無言で雪景色を眺めていると、言葉を継いだ。

「この家は、ゴスフォードが英国各地に所有する家のひとつで、見てのとおり深い森のなかにある。通称『森の家《フォレストハウス》』。近隣の国立公園の敷地内には、手つかずの原野や湿地、ウェールズ最高峰の山や最大の自然湖など、すばらしい景勝地がいくつもある」

「………」

窓の外にじっと目を凝《こ》らす峻仁の耳に、不意にユージンが囁いてきた。

「どんなに探しても、近くに民家はないよ」

「……っ」

肩を揺らして振り向き、水色の瞳とぶつかる。

その瞳に普段のあたたかみはなく、どことなくよそよそしかった。

表情を強ばらせる峻仁を黙って見つめたのちに、ユージンが口を開く。

「だから……ここから逃げ出そうなんていう考えは起こさないで欲しいんだ」

逃げ出そうにも、自分にはここがどこなのか見当もつかない。

居場所に関して与えられている情報は、英国のウェールズで、国立公園の近くということだけ。

「国立公園からここまで続く森は深くて広大だ。土地勘のない者はまず間違いなく迷う。雪に埋もれた森のなかで迷ったら、低体温症になる危険性がある。知っているかもしれないけど、低体温症が長く続くと凍死する」

淡々とつぶやく人形のような顔を視界に、峻仁はそっと唇を噛んだ。

ユージンが言うとおり、人間の姿で雪深い森をさまようのは自殺行為だ。

だからこそアーサーは、この『森の家』に自分を軟禁したのだろう。

アルファの命令に忠実なオメガを監視者に据えて――。

(どんなにやさしくても、ユージンは……アーサーの身内だ)

所詮《しょせん》は敵。自分の味方にはなってくれない。

ゴスフォード一族の不利益になるような真似はしない。

そのことを改めて思い知らされた気分だった。

(やっぱり自力で脱出するしかないんだ)

逃げるのならば、持てるポテンシャルがマックスに達し、人狼の姿を長くキープできる満月の夜。

満月まではあと九日間。

しかし、その九日のあいだに、アーサーに犯されてしまうかもしれない。

――いまはまだ【イヴ】ではない。

あのとき、アーサーはそう言っていた。

たとえいまは【イヴ】でないとしても、宣言どおりに「変えられて」しまったら？

満月までに自分のなかの【イヴ】が目覚め、あの男の子供を身ごもってしまったら？

ないとは言い切れない残酷な未来を思い浮かべ、峻仁はぞっと身を震わせた。

そんなことになったら、日本に——家族のもとへ帰れなくなってしまう。

（いやだ。そんなのは絶対にいやだ）

そう強く思ったときだった。水色の瞳でまっすぐこちらを見据えたユージンが、囁くように告げる。

「今夜、アーサーがここに来る」


夜が近づくに従い、胸のなかで不安の塊《かたまり》が膨《ふく》らんでいく。

前に一瞬でも、アーサーが顔を見せないことにイラついたことを、峻仁は激しく後悔した。

（来なくていい。全然来なくていい！）

胃が縮こまっているせいか食欲も湧かず、ユージンが部屋まで運んでくれた食事にも手をつけられなかった。

焦燥《しょうそう》と不安が入り交じった心持ちで、男の来訪をじりじりと待ったが、とっぷりと陽が暮れて夜が深まっても、アーサーは姿を見せなかった。

ユージンにも、アーサーが何時に来るのか、はっきりとした時刻はわからないようだ。昨日「明日行く」と通達してきて以来、今日になってからは連絡がないらしい。

ユージンいわく、アーサーはゴスフォード家当主としてたくさんの業務を抱えており、とても多忙であるとのこと。だったら無理して来なくていいと思ったが、ユージンに言ってもしょうがないので、喉許まで出かかった言葉は呑み込んだ。

そのユージンは、夜の十時前に部屋に顔を出し、「なにかあったら呼んで。僕は自分の部屋にいるから」と言い置き、自室に下がっていった。

あれからさらに一時間。

ソファの上で片膝を抱えた峻仁は、壁の掛け時計とじっと睨《にら》み合っていた。

十一時を過ぎた。あと一時間で日付も変わる。

予定が変更になったのかもしれない。急用ができて来られなくなったのかも。

(このまま……来ないでくれ)

祈るような気持ちで、立てた膝をぎゅっと摑む。

——今夜、アーサーがここに来る。

ここに来る——ということは、アレだろう。

リーダーとしての使命に燃える男の目的はひとつだ。

種を仕込むこと。

あの日、男にされたことを思い出しただけで、背筋がゾクゾク震える。震えが止まらなくなるので、この二日間はあの日の記憶を封印してきた。その封印が破れたいま、おこりのように体が震え出す。

またアレと同じことを繰り返されるなんて……耐えられない。

この前は、まだ自分が未熟だったおかげで、なんとか妊娠を免《まぬが》れた。

でも次に抱かれたら、妊娠してしまう可能性はゼロじゃない。

——おまえは【イヴ】だ。

——私にはわかる。

峻仁自身は、自分が【イヴ】だなんて信じていないけれど、男の自信満々な声を思い出すと、十六年間自分を支えてきたアイデンティティがぐらぐらと揺らぐ。それほどに、アーサーの物言いには説得力があった。

こうしているあいだにも、自分のあずかり知らぬところで、自分の体は【イヴ】へと変化しているのかもしれない。

狼化のメカニズムだってわからないのだから、なにが起こっても不思議ではなかった。

(……怖い)

自分の体が自分のものでなくなってしまったようで、おそろしかった。

体の変化に対する漠然とした不安と、いまにもドアを開けてアーサーが入ってくるんじゃないかという差し迫った恐怖心が相まって、心臓がバクバクと不穏な音を立てる。脈拍が速まり、鼓動もどんどん大きくなっていく。

もはやじっとしていられず、峻仁はソファから下りた。部屋の空きスペースを忙しなく行ったり来たりする。

十分ほど落ち着きなく歩き回っていたが、平常心を取り戻すことはできなかった。

「……くそっ」

いつ来るかわからないアーサーにビクビク怯えながら、これ以上待つなんて耐えられない。

ついに我慢の限界を超えた峻仁は、部屋から廊下に出た。

あいだに一室挟んだ自室にいるユージンに気がつかれないよう、忍び足で廊下を歩き、階段を降りる。

まず玄関に向かったが、ドアは内側からも南京錠《なんきんじょう》がかかっていた。南京錠の鍵はおそらくユージンが持っている。

玄関以外の脱出口も探したが、一階のすべての部屋に鍵がかかっており、廊下の窓には鉄格子がはまっていた。その格子も間隔が狭く、通り抜けは不可能だ。

それにもし仮に出られたところで外は真っ暗だし、雪が深く積もっている。人間の姿では五分ともたずに低体温症になり、ユージンの忠告どおりに遠からず凍死ルートだ。

逃げるとしてもいまじゃない。もっと月が満ちてからだ。

ひとまず外に出ることを諦めた峻仁は、せめてどこか身を隠せる場所はないかと、無人の一階をうろうろと歩き回った。ついでに固定電話を探したが、どこにも見当たらない。どうやらこの屋敷には電話回線が引かれていないようだ。ユージンは携帯電話でアーサーと連絡を取り合っているのだろう。

拉致された際に持っていたスクールバッグ、着ていた制服、そのポケットに入っていた携帯も取り上げられたままで、どこにあるのかわからない。固定電話の存在に一縷《いちる》の望みをかけていたが、これでその目も消えた。

がっかりしつつ、身を隠す場所を探し続けた。しばらくして、さっき使った木の階段とは別の階段に行き当たる。石積みの壁に囲まれた、階下へと続く階段だ。

(地下があるのか)

石の螺旋《らせん》階段を降りていくと、鉄の扉にぶつかった。幸い鍵はかかっていない。

重い鉄のドアを開けた先、そこは十畳ほどのスペースだった。空気が湿気を含んでひんやりと冷たく、パジャマの上にウールのガウンを羽織ってきたのにぶるっと震える。

天井の豆電球を点《つ》け、地下室のなかを見て回ったところ、食糧やワインを貯蔵する倉庫のようだ。残念ながら外に通じる出口はない。

(行き止まりか)

粉袋や缶詰がストックされている棚の後ろに、峻仁は腰を下ろした。
石積みの壁に背中を預けて細い息を吐く。やっと少し、気持ちが落ち着いた。
こんなことをしたって時間稼ぎにしかならないとわかっている。
たとえ今夜を凌《しの》ぐことができたとしても、明日はまたわからない。
それでも、一分、一秒でも、男との再会を引き延ばしたかった。
(アレはいやだ。もうあんなのはいやだ……)
引き寄せた膝に顔をうずめ、できるだけ体を小さくした。
どれくらい、そこにじっと蹲《うずくま》っていただろう。
地下室の空気の振動に、峻仁の肩はぴくっと揺れた。
「…………っ」
膝にうずめていた顔を振り上げ、耳を澄ます。
アォ――――ン。オ――――ン……。
どこか哀しげで、それでいて骨太の野性を感じさせる叫び。
それが狼のものであることは、すぐにわかった。
アォ――――ン。オ――――ン……。
遠い祖先に届くようにと、切々と、朗々《ろうろう》と、歌い上げられる遠吠え。
目を閉じて鼻先を高く月に向け、耳を低く伏せた姿が眼裏に浮かぶようだ。

夜に沁み入るような美しい歌声に、峻仁は自分の置かれている立場も忘れて聴き入った。

いままで聴いたどんな音楽より、心を揺さぶられる。

目をつぶって透きとおった旋律《せんりつ》にうっとりと聴き入っているうちに、背筋がビリビリ痺れ、体の芯がじわじわと熱を帯びてきた。

(……熱い)

火で炙《あぶ》られたみたいに肌が火照《ほて》り、目頭にうっすら涙が滲《にじ》んだ。

遠吠えは自分でもしたことがあるし、叔父や母のを聴いたこともある。

でもこんなふうに、胸を掻き乱されるような気分になったのは初めてだ。

(なんだ……これ)

胸が震えて、なぜだか泣きたい気分になって……。

心臓が切なく、甘く痛み、気がつくとガウンの袷《あわせ》を手でぎゅっと握っていた。

(こんなの……初めてだ)

生まれて初めての感覚に戸惑っていたら、不意に遠吠えがやんだ。

途切れてからもしばらくのあいだ、哀切を帯びた遠吠えの余韻にぼんやりと浸る。

さっきまで、自分の心は、見知らぬ狼に共鳴していた。

いままでは、シンクロするのは一緒に生まれ育った希月と決まっていた。なのに……。

(まるで……呼ばれているみたいだった)

おまえはどこにいる？　いますぐ応えろ、と。

噛み締めるように野性の呼び声を反芻していた峻仁の聴覚が、ふと、異音を捉える。

だれかが石の階段を降りてくる足音。

カツン、コツン、カツン、コツン。

（だれか……来た！）

ほどなく足音が止まり、ギイー……と重い音を立てて扉が開いた。ガチャンと閉まる。

（入ってきた！）

心臓がドッ、ドッ、ドッと走り出す。

峻仁は息を殺して身を縮めた。

カツコツ、カツコツ。

靴底が石の床を叩く音が近づいてくる。まるで、こちらの居場所がわかっているかのように迷いのない足取りで、まっすぐと。

ついに足音が止まり、大きなシルエットが前に立った。

覆い被さってきた影の正体を確かめるために、おそるおそる顔を上げる。

逆光で潰れていてもなお、ディテールがはっきりと判別できる彫りの深い貌《かお》。

峻仁は強ばった喉を開き、掠れ声を発した。

「……アーサー」

6

「……アーサー」

だれよりもおそれていた男がすぐ目の前にいる。血の気の引いた蒼白な顔で、峻仁は唇をわななかせた。

「な……なんでここが？」

「《匂い》だ」

タートルネックのセーターに黒い革のロングコートを羽織ったアーサーが答える。

「《匂い》を辿ってここまで来た。おまえの《匂い》ならば、何百ヤード離れていてもわかる」

偉そうに断言されて、きゅっと奥歯を食い締めた。

成熟した大人の——しかもアルファの嗅覚だ。

その言葉は決して誇張ではないだろう。

「隠れても無駄だ」

上からねじ伏せるような低音を聞いた瞬間、ぞくっと背筋が震えた。アーサーの登場で冷え切っていた体の芯がふたたび熱を持ち、その熱がたちまち全身に伝播《でんぱ》していく。

（なんだ？）

さっき遠吠えを聴いていたときの高揚《こうよう》が復活してきた？

アーサーの声に反応して？

自分の異変を訝しんでいた峻仁は、ほどなく、はっと気がつく。

「もしかして……さっきの遠吠え……あんた？」

「そうだ」

「……っ」

あんなに切なくて美しい遠吠えの主が、目の前の傲慢な暴君だなんて信じられない。

（あんなふうに……涙が出るほど心を揺さぶられたのは初めてだったのに……）

疑いの眼差しを向けると、男が憮然とした表情で「なにか文句があるのか？」と訊き返してきた。

「文句とかじゃないけど……」

まだ耳に残っている、魂《たましい》を揺さぶるような遠吠えをリフレインしながら、峻仁は躊躇《ためら》いがちに言葉を継いだ。

「なんだか……呼ばれているみたいだった。どこにいる？　……いますぐ応えろって」

アーサーが、じわりと双眸《そうぼう》を細める。

「呼ばれているとわかったなら、なぜ従わなかった」

（やっぱり呼んでいたんだ！）

「なぜ隠れた？」

重ねて問い質《ただ》され、「なぜって……」と口ごもった。

そんなの、アーサーに会うのがいやだからに決まっている。

「ユージンから私が来ると聞いていただろう？」

まるで、自分のことを何時間でも待っていて当然、呼ばれたらすぐ駆けつけるのが務めとでも言いたげな物言いにカチンときた。

マーキングされたからって、自分はこの男の所有物でも部下でもない。群れの一員でもない。

（主人ヅラするな！）

威圧的に立ちはだかり、高みから自分を睥睨《へいげい》する男を、峻仁はキッと睨みつけた。

「あんたに会いたくなかったからだよ」

アーサーが、眉尻をぴくりと動かす。

「なんだと？」

「あんたと顔を合わせたらまた……」

「また？」

「…………」

犯される。今度犯されたら妊娠してしまうかもしれない。それが怖い。

しかし、そうは口にできずに唇を引き結んだ。

黙って睨みつける峻仁の視線を揺るぎなく受け止め、アーサーが唇を開く。

「ユージンに聞いたが、体のほうはすっかり回復したようだな」

低音にびくっと肩が震えた。

回復したからどうだと言うのか。回復した頃合いを待って、ふたたび犯しに来たのか。

(きっとそうだ……)

急激なストレスで手足がひんやり冷たくなる。

それでも、怯えているのを知られたくなくて、峻仁はことさらに眼光を強めた。いまの自分にできる唯一のレジスタンスだ。

反抗的な目つきにアーサーが眉根を寄せたかと思うと、身を屈めて峻仁のガウンの胸座《むなぐら》を掴んできた。

「立て」

引っ立てられて反射的に抗う。

「は、離せっ」

渾身《こんしん》の力で抗ったが、アーサーの手を振り解くことはできなかった。

(このままじゃ……この前と同じだ。……やられる!)

焦燥《しょうそう》に駆られた峻仁は、自分の胸座を掴んでいるアーサーの腕にがぶっと噛みついた。

「……ふ、ぐッ」

思いっ切り犬歯を立てる。

固い皮膚に尖った歯が食い込む手応えと同時に、アーサーがチッと舌を打ち鳴らした。はっと振り仰いだ男の目が黄色く光る。そこだけが獣化していた。

(怒らせた?)

獣の目の迫力に身がすくんで顎《あご》の力が緩む。腕から口が離れると、胸座を掴まれたままぐいっと持ち上げられた。体が床から数センチ浮き上がる。

「ひ……あっ」

片腕で楽々と峻仁を吊り上げたアーサーが、いまにも鼻先が触れそうな至近距離まで顔を近づけてきた。黄色い目が炯々《けいけい》と光っている。

「私に逆らうな」

地を這うような低音で凄まれた。

「……く、苦し……っ」

(首が詰まって……息ができない)

酸素を求めてぱくぱく口を開閉していたら、出し抜けに拘束が緩む。首を締め上げていたアーサーの手が離れて呼吸が楽になった——のも束の間。

「ゲホッ……ゲホッ」

一気に肺に送り込まれてきた空気に激しく咽《む》せる。

「あそこまでやられて、なぜ学習しない？」

首に手を当てて咳込む峻仁に、アーサーが問いを投げかけてきた。その顔には苛立ちが浮かんでいる。

「壊さないように手加減したが、それでもおまえはまる二日、ベッドから起き上がれなかった」

やはり、あれでも手加減されていたのだ。

「私に抗うのは無駄だと体で思い知ったはずだ。敵《かな》わない相手に性懲《しょうこ》りもなく刃向かうのは、愚か者のすることだぞ」

忌々《いまいま》しげな声を落とす男を、潤んだ目で睨み返す。

「愚か者だろうが……ただ諾々《だくだく》とやられるよりは……マシだ」

愚かなのは言われなくたってわかっている。

アーサーとの格の違いは、前回いやというほど見せつけられた。

どのみち犯されるのなら、刃向かわずに大人しく言うことを聞いたほうがダメージは少なくて済むだろう。……悪足掻《わるあが》きだって頭ではわかっている。

でも、自分にだってなけなしの意地がある。

神宮寺一族の一員としてのプライドがある。

「……あんたからしてみたら、ちっぽけでくだらないかもしれない。けど俺にだって男としての矜持《きょうじ》があるんだ」

眼光を閃《ひらめ》かせ、挑むように言い放つ峻仁を、アーサーは黙って見下ろしていたが、ほどなく口を開いた。

「人形のような顔に似合わず、本当に気が強いな」

「…………」

「だが……気丈なのは悪くない」

ひとりごちるようにつぶやき、ほんのわずかばかり口角の片端を持ち上げる。

（――え？）

いまの……笑った……のか？

初めて見る――苛立ちや怒り、侮蔑《ぶべつ》以外の表情に虚《きょ》を衝《つ》かれていると、アーサーが「それでこそ仕込み甲斐があるというものだ」と続けた。

直後に二の腕を摑まれ、体を反転させられる。片方の腕を捻り上げられた状態で、壁に胸を強く押しつけられた。

身動きができない峻仁の首筋に、アーサーが犬歯を立てる。

「イッ……」

先程のお返しとばかりに牙を立てられて体がすくみ上がったが、ややあって歯先が食い込んだ場所がじわじわと熱くなってきた。

（……熱い）

そこに溜まった「熱」が、ジンジンとした疼《うず》きに変わるのに、さほど時間は要さなかった。

（な……に？）

いま感じているのは、単純な痛みだけじゃない。確かに痛みはあるけれど、その痛みの奥に甘い痺れを感じ取った峻仁は、両目を瞬かせた。

痺れ、というより、疼き。

その首筋の疼きに連動して、背中がむずむずし始める。喉を意識的に締めておかないと、変な声が出てしまいそうだった。

（……俺……どうしちゃったんだ）

過去に覚えのない感覚に戸惑っているあいだに、アーサーが峻仁のガウンの紐を解く。はらりと紐の両端が落ち、袷《あわせ》が開いた。さらにパジャマの上衣の裾をめくり上げて手を入れてくる。

熱い手のひらが素肌に触れ、びくんっと体が震えた。逃げたかったが、壁に左手をついたアーサーが、後ろからぴったりと体を寄せているので動けない。

しばらく行きつ戻りつしつつ、肌をまさぐっていた不埒《ふらち》な右手が、やがて目当てのものを探し当てたかのように動きを止めた。

「ひぁっ」

普段よりオクターブ高い声が出たのは、いきなり乳首をつままれたからだ。

(な……なんでそんなとこ?)

狼狽《うろた》える峻仁には構わず、アーサーの長い指が乳首をいたぶりにかかる。

つまんだ乳頭を紙縒《こより》を縒るみたいにクリクリ捻ったり、先端をくにゅりと押し潰したり、爪でカリカリと引っ掻いたり……。しかも、いつの間にか左手も加わっていて、左右の乳首に異なる刺激を与えてくる。

「や……だ。やめ、ろ」

そんなところを他人に弄《いじ》られるのは初めてだ。不快だし、痛いし、気持ち悪いしで、峻仁は顔を真っ赤にして解放を訴えた。だが無論アーサーは、峻仁の要求をすんなり受け入れてくれるようなやさしい男ではない。

むしろいやがるほどに、その指遣いは執拗になり、熱が籠もってくるような気がした。

こんなの最悪だ。最悪なはずなのに……。

はじめは不快な違和感ばかりだったのが徐々に、弄られた胸がピリピリと痺れてくる。刺激に反応してか、乳首が張ってきた。

「固く……凝《しこ》ってきたぞ」

手応えを感じているとおぼしき声音を耳殻に吹き込まれ、耳の後ろがぞわぞわする。

(なんなんだ……この感じ)

自分でも、自分が感じているこれがなんなのか……摑めない。わからない。

困惑する峻仁の耳許で、アーサーが重ねて囁く。
「よし、乳首を覚えたな」
どこか満足げな声。
(覚えた？　って、なに？)
「わかりやすいな。……《匂い》が甘くなってきたぞ」
ただでさえ混乱していたところに、そんなふうに指摘されてカッと顔が熱くなった。
《匂い》が……甘く？
自分じゃわからない体の変化を、アーサーには把握されている。
そのことがたまらなく恥ずかしく、居たたまれなかった。
アーサーも変だ。
この前のときは、即物的に性器と後孔にしか興味を示さなかったのに。
他の場所には一切触れなかったのに。
ゲイでもないアーサーが、急に乳首を弄る意味がわからない。
こんなの……まるで……まるで……愛撫みたいで。
(愛撫……なのか？)
仮にそうだとしても、自分に愛撫を施す理由がわからない。
だって別に、気持ちよくさせる必要なんてないはずだ。

アーサーにとってこれはタスクで、「種付け」の対象者である自分が気持ちよかろうが悪かろうが、目的さえ達せられればそんなのどうでもいいことで……。

「気を散らすな」

苛立った声が叱りつけ、意思に反して迫り出した乳首をきゅうっと強く引っ張った。ビリッと電流が走る。

「あっ……ンぅ」

びくんっと飛び跳ねた体を、背後のアーサーに抱き留められた。甘くてスパイシーな《匂い》に包まれる。

「あ……」

(この《匂い》!)

アーサーの体臭はずっと感じていたが、いま鼻孔が捉えている《匂い》は、さっきまでと比べて、あきらかに濃かった。甘みも増している。

濃厚な体臭を吸い込んだ刹那《せつな》、頭がクラクラした。まだ一度も経験はないが、アルコールに酔うのはこんな感じなのだろうか。

いままでは峻仁もわかっていた。

自分たち人狼の体臭が強くなるのは、欲情しているサインだということを。

尻に当たっているアーサーの雄の印が、その物理的な証拠だ。

いまそれは、布越しにも脈動が感じられるくらいに、熱を帯びて固く張り詰めている。

男が自分に欲情しているのだと意識したとたん、心臓が騒がしくなった。

(馬鹿)

ドキドキなんかしている場合じゃない。

また、アレが始まるのに。苦しくてつらい地獄の時間が……。

(逃げろ。なんとかして……逃げろ!)

懸命に自分を奮《ふる》い立たせているうちに、アーサーの手が、今度はパジャマの下衣に滑り込んできた。

大きな手で剥《む》き出しの性器を握られて、ひくんっとおののく。

抗う暇を峻仁に与えず、アーサーの手が動き出した。

まだしつこく弄られている乳首と、性器へのダイレクトな刺激の相乗効果で、下腹部がズキズキと疼く。

「んっ……ふ」

鼻から甘い息が漏れ、ぶるっと背中が震えた。袋もきゅうっと縮む。

数度扱《しご》かれただけで、アーサーの手のなかの欲望は実にあっけなくエレクトした。パジャマの下衣を太股の途中まで下ろされると、勢いよくぶるんと飛び出す。

自分の体はすでに、男の手が導く快感を覚えてしまっているのだと痛感させられた。

「あぁっ……あぁっ」

薄く開いた唇から甘ったるい声がひっきりなしに零《こぼ》れる。嬌声《きょうせい》とユニゾンで届く、ニチュニチュと粘ついた水音で、自分が先走りを漏らしていることを知った。

ここまできたら、もはや目を逸《そ》らすことはできない。

アーサーの愛撫に自分が感じている現実。

かつてないほどに昂《たかぶ》り、興奮している事実。

（……くそ。なんで）

あんなに……アーサーをおそれていたはずだ。

今度抱かれたら、アーサーの子供を身ごもってしまうかもしれない。

だからこんな地下室まで逃げて、ネズミみたいに身をひそめていたのに。

後がない崖っぷちまで追い詰められていながら、憎いはずの男の手管《てくだ》に感じてしまっている自分が許せなかった。

「や……いや、だ」

せめてもの抵抗で首を左右に振る。

「やめ……やめ……て」

けれど拒絶の言葉は、情けないほどに力がない。

そんな声でアーサーをいさめられるわけもなく、ペニスを弄っていた手が当然のごとく尻の奥をまさぐり始める。溢《あふ》れた先走りをすくい取った指が、窄《すぼ》まりにそれを擦りつけた。長い指が後孔を穿《うが》ち、なかにも体液を塗り込む。

「ンッ……アッ」

すでに攻略済みだからか、いとも容易《たやす》く感じる場所を探り当てられ、的確な指遣いで乱れさせられた。

散々喘がされて声も嗄《か》れたころ、解された後孔に、アーサーが猛った欲望をズッと埋めてくる。

「くっ……はっ」

峻仁は、石積みの壁にきつく爪を立て、その衝撃に耐えた。

挿入を拒みたかったけれど、繁殖期のアルファに抗える手立てはなく、ずるずると根元まで受け入れてしまう。

すべてを押し込むやいなや、男はすぐに動き出した。息をもつかせない性急さで最初から飛ばしてくる。

立ったまま後ろから攻め立てられ、容赦なく突き上げられた。ギリギリまで引き抜いたかと思うと、ぐぐっと最奥《さいおう》まで押し込まれる。

「あっ……ひっ……あぁっ」

凌辱といってもいい一方的な行為にもかかわらず、猛々しい楔《くさび》に体が馴染むまでの時間は、前回より格段に早かった。ひと挿《さ》しごとに痛みが薄れていくのを感じる。

痛みの緩和と引き替えに、穿たれた場所から、おぼろげな快感の兆《きざ》しが生まれてきた。

はじめは小さかったそれが、抽挿《ちゅうそう》のたびに存在感を増していく。

「ふ……あ……あ」

初めてのときは、ひたすら痛くて苦しいだけだった。耐えがたいその痛みを、性器を弄られることによって引き出される快感で、かろうじて相殺《そうさい》していた。

（なのにいまは……）

ペニスに触れられてもいないのに、感じている。

本来は繋がるべきじゃない場所で繋がるセックスを、体が気持ちいいと感じ始めている。

気がつくと、挿入の衝撃に萎《な》えていた性器もふたたび上を向き、先端から愛液を零していた。

パチュン、パチュンと結合部から漏れる水音、地下室に反響する自分の嬌声にも煽られる。

頭の片隅で警鐘《けいしょう》が鳴り響いた。

流されちゃ駄目だ。

もうひとりの自分がそう叫ぶのに――。

このままじゃいけないとわかっていても、官能に溺《おぼ》れる自分を止められない。

心と体が引き裂かれて、バラバラになっている。自分ではもう統合できない。

背後のアーサーの息も荒くなり、どんどん動きが苛烈《かれつ》になってくる。その激しさを、峻仁は息も絶え絶えに受け止めた。

「は……あ……はぁ……」

狙い澄ましたかのような抽挿によって、じわり、じわりと、尻上がりに「上」へと押し上げられていく。その「上」が具体的にどこなのかはわからない。自分がどこに向かっているのかわからないけれど、感覚的に、未知の領域に足を踏み込もうとしているのはわかった。

（なに？　これ、なに……）

狼狽えているあいだにも、追い上げは激しさを増していく。壁にしがみついていないと吹き飛ばされそうだ。

眼裏《まなうら》がチカチカと発光し、頭に靄《もや》がかかってホワイトアウトする。

「あっ……ぁうっ……んっ、あ」

アーサーの手が前に回ってきて、濡れた性器を握った。感じる場所を小刻みに突きながら、上下にリズミカルに扱かれ、前後からもたらされる二種類の快感に翻弄される。

「あぁっ……あぁっ」

もはや声を抑えることもできなかった。

「んっ、あっ……んっ」

あられもない嬌声をあげて壁に縋りついたとき、ひときわ重い抽挿をズッとねじ込まれる。直後、体がふわっと浮き上がるような錯覚に陥《おちい》った。無重力になったみたいな浮遊感。

「あっ……はっ……あっ」

絶え入る声を発して大きく身を反らした峻仁を、アーサーがきつく抱き締める。抱き込んだ状態で、二度、三度と深く突き入れてきた。

「ア、ア、ア、ア……」

最奥で止まったアーサーが、ぶるっと身震いする。一瞬後、峻仁のなかでドンッと弾けた。

（……熱い！）

沸騰《ふっとう》ギリギリまで温度を上げた体液を注ぎ込まれ、ビクビクと痙攣《けいれん》する。小刻みに震えていると、アーサーがもう一度ぎゅうっと抱き締めてきた。

体の最奥で、アーサーの雄が跳ね回るのを感じる。勢いよく跳ね回って、間欠的《かんけつ》にどくどくと精を放つ。

「…………」

三十秒か一分か、繋がったまま放心していたら、背後でアーサーがふぅと深い息を吐いた。ずるっと峻仁の体内から抜け出す。

脱力してがくりと膝を折り、床に頽れる寸前、アーサーに支えられた。その逞しい腕のなかで、たったいま自分が体験した不思議な感覚をぼんやり反芻する。

（なんだったんだ……いまの？）

体がふわっと浮き上がって、空中をふわふわと浮遊しているみたいだった。

「……達《い》ったな？」

耳許のアーサーの確認に、えっと声を出し、顔を後ろへ向ける。琥珀色の双眸と目が合った。男の顔には、これまでにはなかった達成感が浮かんでいる。

「いまなんて……」

「おまえはいま後ろで達った」

(達った？　オーガズムに達したってこと？)

「うそだ……」

「うそじゃない。見てみろ」

促されてふたたび前を向いた。石積みの壁に白濁が飛び散っているのを認める。

(これ……俺の？)

つまり——いま自分は、アナルセックスで絶頂を迎えた……？

にわかには信じられずに呆然《ぼうぜん》としていると、アーサーが征服者の声で囁く。

「おまえのなかの【イヴ】が目覚めた証拠だ」

「……【イヴ】が？」

「いまの感覚を覚えておけ」

傲慢な物言いに肩を揺らした刹那、脚に違和感を覚えた。

その違和感の正体が、アーサーの精液が内股を伝う感触だと気がつき、衝撃を受ける。

自分はついさっき、溢れ、伝い落ちるほどに男の精液を注ぎ込まれたのだ。

（妊娠……してしまったかもしれない……）

絶望の淵に突き落とされた気分で、峻仁はただ震えるしかなかった。


「どうだ？」

「まだだ」

ユージンが首を横に振り、アーサーが渋い顔をする。峻仁は止めていた息を吐き出した。

地下室でのセックスのあと、アーサーに抱きかかえられて一階に上がり（足がふらついて石の階段を上ることができなかったのだ。それを知ったアーサーに問答無用で横抱きにされた）、さらに木の階段を上がって二階のユージンの部屋を訪ねた。

アーサーがノックをすると、ややしてユージンが出てきた。

アーサーに抱きかかえられた峻仁を見て、説明を聞かずともなにがあったのか察したらしい。すぐに室内に招き入れられた。

部屋に入ったアーサーが、ソファに峻仁を下ろし、自分は傍らに立つ。ソファの床に跪《ひざまず》いたユージンが峻仁を診察し、その診断結果が先程のやりとりだ。

「間違いないか？」

納得いかないといった表情で確認するアーサーに、ユージンが「残念だけど」と答える。

「彼はまだ妊娠していない」

はっきりと断言されて、峻仁は安堵のあまりに脱力した。

（よかった……）

「種付け」されてしまってからずっと、診断のあいだも、不安と焦燥で生きた心地がしなかった。

だがほっとしたのも一瞬、しばらくすると、本当にユージンの診断を信じていいのだろうかという疑問が浮かんでくる。いくら医療知識があるといっても、さっきのいまでそんなことがわかるのだろうか。

どうやらその疑惑が顔に出ていたらしい。ユージンが説明してくれた。

「前に、僕には特殊能力があると言ったよね。……それが嗅覚なんだ。生まれつき、親族のなかでも飛び抜けて嗅覚が鋭かった。たぶん、オメガに生まれついたことと無関係じゃないと思うんだけど……」

ただでさえ、人狼は人間より嗅覚が発達している。そのなかでも突出して鋭いとなれば相当なものだ。

ユージンはオメガゆえに、敵の《匂い》をいち早く嗅ぎつけ、逃走しなければならない。そのために備わった能力なのかもしれない。

「その力で……妊娠しているかどうかを嗅ぎ分けられるってこと？」

「正確には、受胎による体の微妙な変化を嗅ぎ分けるんだ。それと診察結果を組み合わせて、総合的に判断する。でも、基本は嗅ぎ分けだ。きみが【イヴ】であるのも、他の人狼とはあきらかに《匂い》が異なることからわかった」

ユージンの説明に耳を傾けていた峻仁の顔色が、最後の発言でサッと変わった。

「ちょ、ちょっと待って。俺が【イヴ】なのは確定なのか？」

びっくりしてソファから起き上がろうとする峻仁をユージンが制する。

「まだ急に起き上がらないほうがいい」

けれど、のんびり横になっている場合じゃなかった。

「本当に？　本当に【イヴ】？」

ユージンの腕を摑んで問い質す。ユージンがうなずいた。

「ああ。連れてこられた当初は、可能性はかなり高いと思いつつも確信が持てなかった。おそらく【イヴ】としての資質が、体の奥深くで眠っていたからだ。その資質が覚醒《かくせい》し始めている」

「………っ」

「妊娠こそまだしていないけれど、ここにきてきみの体は急激な変化を遂げた。それは《匂い》に現れている。きみが【イヴ】であることはほぼ間違いない」

衝撃に血の気が引く。

アーサーに何度も「おまえは【イヴ】だ」と言われて、やや洗脳気味に「もしかしたら」と思ってはいたけれど、ユージンにまで断言されると、いよいよもって逃げ場がない心持ちになる。

やっぱり、母の遺伝子を受け継いでいたのか。

もしそうだったとしても、アーサーに出会わなければ……あんなふうに抱かれさえしなければ、【イヴ】としての資質は生涯眠ったままだったのかもしれない。

ごく普通に人間の女性の〝つがい〟と出会って、恋をして、家族を持ったかもしれない。

（アーサーにさえ会わなければ……）

自分のなかの【イヴ】を目覚めさせ、人生を変えた男を、峻仁は見上げた。アーサーも峻仁を見下ろしていたようで目が合う。

その琥珀色の瞳に地下室で見たような「熱」はすでに浮かんでおらず、真冬の月のように冴え冴えとしていた。

妊娠していなかった自分を、アーサーが冷ややかに見下ろす。役立たずと蔑《さげす》まれているような気がして、体温がすーっと下がった。

妊娠していなくてよかったはずなのに、男の責めるような眼差しを浴びていると、まるで自分に非があるような気分になってくる。

自虐《じぎゃく》的な思考を断ち切るために、峻仁はアーサーから目を逸らした。

（くそ）

改めて思い知る。

アーサーにとって先程のあれは「種付け」のための行為。それ以上でも以下でもない。少しの気持ちも伴わない行為なのだ、と。

(なのに自分は)

捕食者である男の愛撫にたわいなく感じて……乱れて……初めての絶頂まで味わった。快楽に抗えず、いとも容易く「変えられて」しまった。

アーサーの子種を受け入れる器《うつわ》としての体に。

(……馬鹿だ)

自分の愚かさに嫌気がさし、泣きたくなる。

人一倍自制心が強かった自分はどこへいってしまったのか。

どこにもいない……。

こうなるまで、セックスに溺れるタイプの人間を、心のどこかで軽蔑していた。

だけどいまの自分は、そんな彼らと変わらない。同じだ。

ただ快楽に流されるばかりの愚か者だ。醜悪《しゅうあく》で……汚い。

すさんだ気持ちで自分を罵《ののし》っていると、アーサーがユージンに問いかけた。

「土台は整ったということだな」

「そうなるね。あとはタイミングだと思う」

兄弟の会話を耳に、心がさらに冷たくなる。

そうだ。

【イヴ】が目覚めつつあるということは、いつアーサーの子供を身ごもってもおかしくないということなのだ。

今回はたまたまセーフだったけれど、次はわからない。

次こそ妊娠してしまうかもしれない……。

快楽に流されてはならない。絶対に。もう二度と。

戒《いまし》めを胸に刻み、峻仁はぎゅっと拳《こぶし》を握り締めた。


その夜、アーサーは『森の家』に一泊することになった。

泊まると聞いて、いつまた襲われるかと寝台のなかでビクビクしていたが、峻仁のとなりの部屋を使ったアーサーが夜中に忍んでくることはなかった。

不安でまんじりともせずに寝台で過ごし、どうやら明け方近くに少しだけ眠ったようだ。

九時過ぎに目覚めたときには、もうアーサーの姿はなかった。

「朝早くにコッツウォルズの本邸に帰ったよ」

アーリーモーニングティを持ってきてくれたユージンにそう聞かされ、ほっとする。

アーサーの本拠地は、コッツウォルズの小高い丘の上に建つ『ゴスフォード・ハウス』というマナーハウスだ。築数百年の歴史を持つ貴族の館で、代々ゴスフォード家の当主が暮らしてきたらしい。

「亡くなった父が当主だった時代は、僕も、祖父や両親と一緒に『ゴスフォード・ハウス』に暮らしていた。アーサーが生まれる前に、僕は医者になるために屋敷を出て大学の寮に入った。その後両親が亡くなったので、『ゴスフォード・ハウス』に戻って、祖父と一緒にまだ小さかったアーサーを育てたんだ」

ユージンによると、アーサーはコッツウォルズの本邸で暮らし、日によってはロンドンにあるオフィスに出勤する生活であるようだ。

「出勤って……なんの仕事?」

「ゴスフォードの資産管理会社を運営している。ゴスフォードは会社を複数持っていて、そのトップでもあるから忙しいんだ」

「……へぇ」

神宮寺も、一族のリーダーである叔父の峻王《たかお》が、大神《おおがみ》組の組長という立場を兼任している。

それと同じようなものなのだろうか。

アルファであると同時に、社会では高い地位にある。その両方の責任を担うのは、叔父を見ていても大変なことだとわかる。

もちろん、それができる器があるからこそ、リーダーに選ばれたのだろうけれど。

ミルクティを飲みながらぼんやりそんなことを考えていた峻仁は、つと顔をしかめた。

せっかく顔を合わせなくて済んだのに、アーサーのことを考えている自分に気がついたからだ。

（考えるな。あんなやつのこと）

ミルクティで体があたたまったので、寝台から起き上がってバスを使った。昨日の夜は心身ともに疲れ切って、バスタブに浸かる余裕がなかった。日本人ならではの習性だと思うけれど、どうしてもシャワーだけじゃ物足りない。

ぬるめのお湯に浸かって、少しだけうとうとした。二時間ほどしか眠っていないせいか、頭が重い。ただ体は、一度目のダメージと比べるとはるかに楽だった。

（あのときは一晩中……繰り返しやられたから）

とはいえ、なんだか自分の体がアーサーを受け入れることに慣れ始めている気がして、胸がざわつく。これもユージンが言っていた「変化」のひとつなんだろうか。

バスタブから出て体と頭を洗い、シャワーで流した。

全身が映る鏡の前に立った峻仁は、バスタオルで体を拭いていた手を思わず止める。

バスタオルを洗面台の上に置き、裸の全身をチェックした。

上から下までじっくり検分し、さらに後ろ姿を鏡に映す。

見た感じ、とりたてて変わったようには思えない。

【イヴ】が目覚めたからといって特段に、胸が膨らんだり、ウェストが細くなったり、尻が丸みを帯びたりといった女性的な変化は起こらないようだ。

前を向き、見た目は変わらない乳首にそっと触れてみる。ピリッとした痺れが走り、びっくりして指を離した。

「……なんだ、いまの……」

おそるおそる、もう一度触ってみる。今度はジンと疼くような痺れが走った。

変だ。前はこんなじゃなかった。

アーサーに弄られるまで、存在すらほとんど意識したことがなかったのに……。

アーサーに執拗に弄り回されておかしくなった？

——土台は整ったということだな。

——そうなるね。あとはタイミングだと思う。

昨夜の兄弟の会話を思い出し、背筋がぞわぞわした。

アーサーに変えられてしまった自分の体が、おぞましく思える。

（もう……昔の自分じゃない）

鏡から顔を背けた峻仁は、体を隠すようにあわててバスローブを着込んだ。

翌日の日中、アーサーは『森の家』に顔を出さなかった。

そうはいっても、昨日のように夜更けに訪問してくる場合もある。そう思うと、油断はできなかった。

張り詰めた気持ちのままに夜が更ける。

地下室での経験を踏まえ、峻仁は寝台の上で胡座《あぐら》を掻いて、じっと耳を澄ました。

遠吠えが聞こえたら、アーサーが近くまで来ている証拠だ。事前に察知できれば、どこかに隠れることができる。

隠れたとしても、昨夜のように《匂い》を辿って居場所を発見されてしまう可能性は高いが、だからといってなにもせずに諾々と好き勝手されるのは性格的に容認できなかった。

「退屈だろうから、家のなかは自由に使ってくれて構わない。生憎《あいにく》テレビやインターネットはないけど、書斎の本は好きに読んでいいから」

そうユージンに言われていたが、気が張っているせいか本を読む気分にもなれず、部屋に籠もったまま――さらに一日が暮れる。

どうやらアーサーは今日も来ないようだ。もちろん油断は禁物だが。

前回も二日、間《ま》が空いた。

もしかして……自分の体の負担を気遣って？

（まさか）

あの暴君がそんなやさしいわけがない。

自分の思いつきをすぐに否定した。

ただ単に仕事が忙しくて体が空かないだけだ。きっとそうだ。そうに決まっている。

あいつは一日だって早く、【イヴ】に種を仕込みたいはずなんだから。

自分を納得させたあと、思考の流れで、そういえばと思い出した。

特殊能力を持つユージンですら確信がなかったのに、アーサーははじめから自分を【イヴ】だと言っていた。

確信を持っていたからこそ、自分を攫って英国まで連れてきたのだろう。

なぜ？　なんでだ？　なんでそんなことがわかったんだ？

答えの出ない疑問符を脳内で転がしていてはっと気がつく。

まただ。またアーサーのことを考えていた。

「……くそっ」

悪態を吐き、いつの間にか頭のなかに居座っていた男を追い出そうと、ふるっとかぶりを振る。

その夜は、やはり明け方近くに眠りに落ち、たくさんの夢を見た。

家族や立花《たちばな》、御三家、それにみちるが入れ替わり立ち替わり、順番に出てくる夢だ。

夢のなかで自分は笑っていた。みんなに囲まれて、ひさしぶりに笑っていた。

目が覚めたとき、目頭に涙が溜まっていて驚いた。

ここに来てから精神的にも肉体的にも、息つく暇もなく追い詰められ、毎日が緊張の連続で、家族の夢を見る余裕もなかったけれど、この二日ばかりなにもなかったから少し気が緩んだのかもしれない。

アーリーモーニングティを運んできたユージンが、寝台の峻仁を見て心配そうに「顔色が悪いね」と言った。

「ちゃんと眠れている？」

首を横に振る。

「まぁ……そうだよね。きみの立場で、ぐっすり眠れというほうが無理か」

同情するような声を出したが、かといってユージンが自分を解放してくれるわけではないのはわかっていた。ユージンにも彼の立場がある。

その日はなんだか体がだるく、食欲も湧かず、せっかく用意してくれたのに申し訳ないと思いつつも、昼食に口をつけずに残した。トレイを引き取りに来たユージンが、手つかずの昼食を見て表情を曇らせる。

「朝も食べなかったのに……」

「食欲がない」

しばらく思案げな面持ちで峻仁の顔を見つめたのちに、「ずっと部屋に籠もっているから、お腹も空かないし、眠れないのかもしれないね」とつぶやいた。

「少し散歩してくる?」

気だるくソファに横たわっていた峻仁は、ユージンの問いかけに耳を疑った。

「散歩?」

体を起こして訊き返す。

「って、外に出ていいの?」

「ゴスフォードの私有地内だったら、雪掻きした私道があるから、往復二十分くらいの散歩コースになると思う。もっとも、いまの季節は雪に覆われていて見るようなものもないけれど、気晴らしと軽い運動になるかなって思って」

「ひとりで外に出ていいのか?」

「僕がついていってもいいけど、ひとりのほうがリフレッシュできるんじゃない?」

「…………」

そのまま自分が逃げてしまうとは思わないのだろうか。

内心で訝っていたら、その疑問を見透かしたようにユージンに釘を刺された。

「前にも言ったけど、外は雪がすごく積もっているし、一番近い民家でも車で三十分の距離がある。迷ったら凍死してしまう危険性が高いから、おかしな考えは絶対に起こさないで。いいね?」

ユージンに貸してもらったダウンを着込み、首にはマフラー、手袋、ハンティングブーツという完全防備で、峻仁は外に出た。

玄関口に立ったユージンが、「滑って転ばないように気をつけて。あんまり長く外にいると体が冷えるから、三十分以内に戻ってくるんだよ」と念を押して送り出してくれる。

あたり一帯は見事なまでの銀世界だ。積雪が多いところでは三メートル近くも積もっていて、低めの樹木は埋もれてしまっている。

ひさしぶりに外気に触れた解放感に、峻仁は大きく深呼吸した。零下《れいか》の冷たい空気が肺に入り込んでくる。

（ひんやりして気持ちいい）

両側に聳《そび》え立つ雪の壁のあいだを、峻仁はゆっくり歩き始めた。車二台がギリギリすれ違うことのできる白く凍った道には、四輪駆動の轍《わだち》が見える。おそらくは、一昨日の朝帰ったアーサーの車のタイヤ痕だろう。轍は昨日の夜降った雪で消えかかっていた。

ゴム底のブーツを履いているとはいえ、ちょっとでも気を抜くと転びそうになる。慣れない雪道を滑らないように踏み締めて歩くせいか、アスファルトを歩くより数倍疲れた。

「はぁ……はぁ」

吐く息が白い。

歩けども歩けども、視界に映るのは分厚く積もった雪の壁と、樹氷に覆われた樹木ばかりだ。

雪兎一匹見当たらない。幻想的な風景ではあるが、単調でもあった。

こんな雪のなかを歩くのは、子供のころのフィールドワーク以来だ。

あのときは、叔父と母と希月の四人で、狼の姿になって雪山を駆け回った。東京育ちの自分と希月は、生まれて初めて接した大きな自然に大興奮したことを覚えている。

（……希月）

父さん、母さん、月也《つきや》さん、大叔父さん、叔父さん、侑希《ゆうき》ママ、水川《みずかわ》さん、都築《つづき》さん、そして、みちる……。

それぞれの顔が浮かぶ。

突然自分が消えて……みんな、きっとものすごく心配しているに違いない。

特にみちるは、ショックで寝込んでいるかもしれない。

自分だってみんなに会いたい。いますぐにでも日本に帰りたい。

満月まで、あと六日。

六日間、アーサーの魔の手からなんとか逃げ切ることができれば――。

狼化し、月の力を借りて、必ずここから逃げ出す。

そのためにも、周囲の地形をできるだけ詳しく把握しておく必要があった。

私道を十分ほど歩くと、前方に鉄の門が見えてくる。門の左右には、私有地をぐるりと取り囲む、やはり鋳鉄《ちゅうてつ》の柵が見えた。もっとも、三メートルほどの高さの約半分は雪に埋まっている。

近くまで行った峻仁は、聳え立つ堅牢《けんろう》な門を見上げた。

（ここまでがゴスフォードの私有地内……ということか）

この鉄門が、敷地から出るための第一関門。ここを越えた先には、国立公園に続く森が広がっている。でもその森をひた走れば、いつかは車の走る広い道か、民家に辿り着くはず。

念のために門を押してみたが、びくとも動かない。どうやら外側から施錠されているようだ。

狼化したら、飛び越えられるだろうか。目算ではギリギリいけそうな気がしたが、なにぶん試してみなければわからない。

先端が尖った槍状になっている鉄門を睨みつけていた峻仁の体が、ぶるっと震えた。

「……寒っ」

寒さには強いつもりだったが、ずっと外に出ていなかったせいで体力が落ちているようだ。

このままでは風邪を引く。そろそろ引き返したほうがよさそうだ。

踵《きびす》を返しかけた峻仁の足が、途中で固まる。

鉄門の向こうから、タイヤが雪道を削るジャリジャリという音が聞こえたからだ。

車はこちらに向かってきている。

二日ぶりにアーサーが来た!?

こんな人里離れた屋敷を訪ねてくる人間は限られているし、タイミング的にも今日あたりだ。間違いない。

（どうしよう）

逃げようにも、あたり一帯は深い雪。かといって来た道を引き返しても、すぐに追いつかれる。進退窮《しんたいきわ》まってフリーズしているあいだにも、どんどん車は近づいてきて、ついに鉄門の前で停まった。エンジンをかけたまま、だれかが車を降りる気配。鉄門の錠をガチャガチャと開ける音。ギィーと重い音を立てて、鉄門が左右に開く。

道のセンターに立ち尽くしていた峻仁は、次の瞬間、予想外の人物と目が合った。

がっしりとした体格にいかつい顔つき、そして短髪の髭面。

アーサーとユージンの従兄弟、ウルフガングだ。

（アーサーじゃなかった）

そのことにほっとしていると、ウルフガングが訝しげな表情で「こんなところでなにをしている？」と尋ねてきた。

「……ユージンが散歩でもしてきたらって」

返答にウルフガングが片眉を持ち上げ、フンと鼻を鳴らす。

「監視が甘いこった」

「あんたは？」

「おまえの様子を見に来たんだよ」

「俺の様子を……？」

意外だった。初対面のとき、男がことさら自分に興味を持っているようには見えなかったからだ。

峻仁がこの男について覚えているのは、「おまえの父親を殺す」と発言したことだ。

あのとき、ウルフガングが発した殺気は本物だった。

「そろそろここでの暮らしにもなじんできたころかと思ってな」

そう言って男が、峻仁をじろじろと遠慮のない眼差しで眺め回す。不躾《ぶしつけ》な視線に居心地の悪さを感じていたら、不意にウルフガングが「乗れよ」と言った。

「……え？」

「どうせ行き先は一緒だ。乗せていってやる」

角張った顎で、門の向こうの４ＷＤを指されて迷う。

アーサーとは違う意味で、峻仁はこの男が苦手だった。

一回会ったきりなので、人となりはまだよく知らないが、全身から漂う好戦的な《匂い》が好きではない。

でも体も冷え切っていたし、断れば「なんで断るんだ」とまた突っかかってきそうで、それも面倒だ。五分ほどの辛抱だと思い、乗せてもらうことにした。

峻仁が助手席に収まると、車が動き出す。ステアリングを握りながら、ウルフガングが「アーサーは？」と尋ねてきた。

「一昨日来たけど……それきり」

「そうか」

うなずき、にやっと口の端で笑う。同じように口の端で笑うのでも、アーサーと違って男の笑い方は品性に欠けていた。なんとなくいやな気分になる。

車に乗ったことを早速後悔した。

でも……五分の我慢だ。

「いい《匂い》だ」

なにやらクンクンと鼻を蠢《うごめ》かしていたウルフガングがつぶやき、「メスの《匂い》がぷんぷんして、脳天がクラクラしてくる」と続ける。

「メス？」

なんのことを言っているのかわからず、鸚鵡《おうむ》返しにした。

「どうやら発情してきたな」

「発情……」

「自覚がないのか？　おまえは発情期に入ったんだ」

「発情期？　俺が？」

「初めての発情期か？　体が疼いてたまらないだろう？」

下世話な問いかけも耳に入らなかった。ウルフガングのことはそっちのけで、真剣に考え込む。

確かにここ最近、自分の体がコントロールできなくて戸惑うことが多かった。

けれどなにぶん初めてのことなので、これが〈そう〉だとはわからなかった。

発情期だから……アーサーを拒めない？

あの男とのセックスで感じてしまうのはそのせい？

それならば納得できる。自然の摂理ならば、まだ救いがある。

（そうか……これが〈そう〉なのか）

心と体が乖離《かいり》して、自分でもどうにもできない――これが……発情期。

自分はいま、発情期なのだ。

目が開かれる思いで感慨に耽っていると、急に車が止まった。周囲はなにもない雪景色で、屋敷まではまだ大分《だいぶ》あるはずだ。

「なに？　どうしてこんなところで……」

質問の声を途中で遮られる。

「初めて見たときは、顔はかわいいがまだガキで、青臭くて食えたもんじゃねぇと思ったが……ずいぶんと色気が出てきたな。アーサーに抱かれてスイッチが入ったか」

「…………」

ウルフガングの下卑《げび》た物言いに、峻仁は眉をひそめた。運転席の男がステアリングから手を離し、助手席のほうに乗り出してくる。

(顔……近い！)

可能な限り、峻仁は男から身を離した。肩が窓ガラスにぶつかる。

「だが、クソ真面目なあの男のことだ。使命感でガチガチで、おまえを楽しませることはできちゃいねぇだろ。どうせやるなら、お互いに気持ちいいほうがいいに決まってる。俺なら、おまえをたっぷりかわいがってやれるぜ？　どうだ？　試してみないか？」

(試すって……なんだよ？)

いかつい顔をにやつかせて言い寄ってくる男に眉をひそめる。

男がどうやら自分に下心を抱いているのはわかる。

だけど、自分に手を出せば、アルファに楯突《たてつ》くことと同じ。

群れにおける序列は絶対のはずなのに……言ってることがおかしい。

「かわいい顔で睨んでもそそるだけだぞ」

ウルフガングが、いまにも舌なめずりしそうな好色な表情をした。

興奮した男から強い獣臭が立ち上ってきて、ぞっと怖気が立つ。

同じ欲情した雄の《匂い》でも、アーサーの《匂い》とは全然違った。

どことなく饐《す》えた《匂い》だ。

（この《匂い》は……いやだ！）

峻仁はとっさにフックのボタンを押し、シートベルトを外した。ウルフガングに背を向け、ドアロックを外そうとした刹那。

「俺の兄貴は十七年前、おまえの親父に殺されたんだ」

「……っ」

低い声音に肩を揺らし、背後を振り返る。先程までのにやけ顔から一転、ウルフガングは底光りする眼差しで峻仁を睨みつけていた。

（父さんが……？）

初耳の話に驚き、声を失っていると、憎悪に口許を歪めた男が低音を放つ。

「その罪を、息子のおまえが償《つぐな》うべきだ」

「償……う？」

「俺の子供を産め」

「なに言ってんだ……あんた」

言っていることもめちゃくちゃだし、あの父がだれかを殺したなんて、にわかには信じられなかった。

（そんなのうそに決まってる）

しかし、ウルフガングはしたり顔で続ける。

「おまえが俺の子供を産めば、俺が群れのアルファになれる」

その言葉で、男の目的がやっとわかった。

ウルフガングが狙っているのは、アルファの座。アーサーに実力では敵わないから、自分の種の子供を作ることで、みずからの地位を上げようという魂胆《こんたん》らしい。

そのために利用されるなんてまっぴらだ。

ふたたび男に背を向け、ドアから出ようとしたが、肩を鷲摑《わしづか》みにされ、ものすごい力で引っ張られた。ドアから引き剝がされた体をシートに押しつけられ、そのままリクライニングで後ろに倒される。仰向けになるやいなや男が覆い被さってきた。

「退けよっ！　退けっ」

突き飛ばそうとしたが、重量級の男はびくともしない。

「大人しくしろ！」

そう言われて大人しくするわけがない。峻仁は膝で男の下腹部を思いっ切り蹴り上げた。

「うっ……」

うめき声を発した一瞬後、ウルフガングが鬼の形相《ぎょうそう》で拳を振り上げる。

「この……ガキッ」

右頰にガツッと強い打撃を受けた。殴られた反動でシートの金具に後頭部がぶつかり、頭がクラッとする。

「……っ……」

軽い脳震盪《のうしんとう》を起こした峻仁の首筋に、男がむしゃぶりついてきた。少しのあいだ混濁した意識にぼーっとしていたが、肌に触れる髭の感触ではっと我に返る。

体をまさぐる手に虫唾《むしず》が走り、嫌悪感で全身が冷たくなった。

(いやだ。いやだ。いやだ！)

こんなやつに犯されるなんて死んでもいやだ！

人間の姿では敵わない。でも狼だったら？

狼の姿でウルフガングと闘ったら……？

アーサーほど強くなかったとしても、ウルフガングだって自分の倍以上のキャリアがある。

おそらく勝てないだろう。殺されるかもしれない。……どのみち勝ち目はない。

だからといって、このまま……なんていやだ！

再度強く思ったときだった。
プ、プーッ!!
叩きつけるような車のクラクションが鳴り響き、峻仁の体をまさぐっていたウルフガングがびくっと身じろぐ。
プ、プーッ!!　プ、プーッ!!
連続してけたたましいクラクションが鳴った。ふたりでフリーズしていると、ガチャッ、バンッとドアの開閉音が聞こえてくる。だれかが大股で近づいてくる足音。ほどなくして、助手席側の窓ガラスがドンドンッと力いっぱい叩かれた。

ウルフガングの肩越しに、車の窓を見た峻仁は思わず叫んだ。

「アーサーッ！」

ウルフガングがチッと舌を打つ。峻仁が夢中で胸を押し上げると、不承不承といった様子で体を退《ひ》いた。

起き上がった峻仁がロックを外すのとほぼ同時に、すごい勢いでドアが開く。

ドアを開けた長身の男の——初めて見るような、焦燥と苛立ちが入り交じった表情。

その顔を見た瞬間、胸の奥からぶわっと熱いものが込み上げてきて、気がつくと峻仁は男に向かって両手を差し伸べていた。

「助けて……っ」

４ＷＤからダイブする峻仁を、アーサーがしかと抱き留める。男の逞《たくま》しい胸に抱き留められた峻仁は、固い首にぎゅっと抱きついた。反射的にアーサーも抱き返してくれる。

「アーサー……」

なんでこんなに、脱力するほど安堵しているのかわからない。自分にとって敵なのは、アーサーもウルフガングも同じだ。

（なのに……）

「……大丈夫か？」

問いかけにこくりとうなずく。アーサーが雪の上に峻仁を下ろし、庇うように自分の後ろに回り込ませた。

峻仁を自分の体でガードしてから、４ＷＤのなかの男の名を低く呼ぶ。

「ウルフガング」

ウルフガングは前方を見据えて動かない。

すると、アーサーが拳の側面で車をガンッと殴った。一撃で車の鉄板がへこみ、ウルフガングがぴくっとたじろぐ。

「どういうことだ」

「…………」

ウルフガングはかたくなにこちらを見ない。苛立ったアーサーがもう一度車を殴った。今度は遠目にもはっきりわかるくらい陥没する。

「……説明しろ」

ついに、ウルフガングが渋々と顔をこちらに向けた。憤怒《ふんぬ》のオーラを全身から立ち上らせるアーサーに一瞬怯んだあとで、それを誤魔化《ごまか》すように肩をすくめる。

「そう怒るなよ。ユージンを訪ねてきたら、たまたま門のところでこいつに会って、車に乗せてやったんだ。そうしたらこいつがぷんぷんいい《匂い》を撒き散らすもんだから、まぁちょっとばかり魔が差したっていうかな。気の迷いだ。悪かった」

峻仁に責任転嫁した言い逃れを、ウルフガングが早口でまくし立てた。

「気の迷いで済むと思うのか」

アーサーが凄む。

「だから悪かったって。繁殖期のメスの《匂い》に反応しちまうのはオスの習性だ。おまえだってわかるだろ？」

「アルファの所有物に手を出せば、群れの掟に逆らうことになる。それがどういう意味か、知らないとは言わせないぞ」

まぜっかえそうとするウルフガングに惑わされず、アーサーが確認を迫った。

「ちゃんとわかってるって」

「二度目はないぞ」

本気であることを匂わせる低音で威嚇され、ウルフガングが猪首《いくび》を縮める。

「わかった、わかった。そんなにピリピリするなって。せっかくここまで来たのに残念だが、今日のところは引き上げるよ。ユージンによろしく伝えてくれ」

言うなり助手席のドアに手を伸ばしてバタンと閉め、エンジンをかけた。どうやらここは逃げるが勝ちと判断したらしい。

それでも、あと少しというところで邪魔が入ったのがよほど悔しかったのか、窓から顔を出し

て捨て台詞を投げかける。

「おまえこそ、横取りされたくなかったらしっかり監視しておけ。ユージンなんかに任せておくからこうなるんだぞ！」

言うだけ言うと、逆襲をおそれるようにパワーウィンドウを閉め、4WDを発進させた。ギュルギュルとタイヤを軋ませてかなり無茶な方向転換をし、来た道を戻っていく。アーサーのSUVの横を擦り抜けた4WDが、猛スピードで走り去った。

見る間に小さくなっていく4WDから視線を転じ、峻仁はアーサーを見た。眉根をきつく寄せたアーサーの横顔は、いまだに車が消えた先を睨みつけている。

「仲間なのに喧嘩《けんか》しちゃってよかったのか？」

「あいつは私の留守を狙って来た。はじめからそのつもりで……あわよくばと思っていたのだろう。私のものに手を出そうとするなど、断じて許されないことだ」

憤然《ふんぜん》と言い放つアーサーは、依然として怒りが収まらないようだったが、峻仁は別のところに気を取られていた。

（私のものって……俺のこと？）

ただ単に、アルファとしてのプライドがそう言わせているのかもしれないが、自分に対するアーサーの所有欲を感じ取って心臓がドキッと跳ねる。

それが引き金になってか、急に落ち着かない気分になった。

さっき、とっさに男に抱きついてしまったこと。ぎゅっと抱き返された強い腕の感触を思い出し、じわっと顔が熱くなる。

ここ数日、アーサーをどうやって避けようかと、そればかり考えていた。

非常事態だったとはいえ、その相手に助けを求めてしまうなんて本末転倒もいいところだ。

決まりの悪さを誤魔化すために、頭に浮かんだ疑問を口にする。

「あんたはなんでここに？」

「午後から体が空いたので、顔を出そうと思って車を走らせてきた。すると外門の鍵が開いていた。鍵を持っているのは身内だけだ。しかしだれからも今日『森の家』を訪ねるという事前連絡を受けていない。エドガーかウルフガングか、いずれにしても、私に連絡を寄越《よこ》さずに留守を狙うような真似をするのはなぜか。いやな予感がした。そして、その予感は的中した」

「……そうだったんだ」

アーサーが来てくれたのはたまたま偶然で、本当に危機一髪だったのだ。アーサーの到着があと五分遅かったら、どうなっていたかわからない。

もしあのまま……と考えただけでもぞっとする。

発情期に入ったからといって相手はだれでもいいわけではないのだと、ウルフガングに襲われかけて実感した。

（本気で……死ぬほどいやだった）

って、じゃあアーサーならいいのか？

自分で自分に突っ込んでいると、前方を見据えていたアーサーが、そこでようやく峻仁を顧《かえり》みる。

「顔が腫《は》れている」

「あ………」

そういえば殴られたのだと思い出したとたんに、当該箇所がズキズキし出した。

「ウルフガングにやられたのか？」

「うん……でも口のなかは切れてないし」

大丈夫と言おうとして声が途切れる。アーサーの手が患部に触れてきたからだ。

「………っ」

壊れものに触れるような繊細な手つきに息を吞む。

やっと静かになったと思った鼓動がふたたび走り出した。しかもどんどん速くなる。

（心臓……やばい）

「ひどいな……」

アーサーが、まるで自分が痛んでいるみたいに顔をしかめた。

「ウルフガングには必ず、この代償を払わせる」

怒気を含んだ低音を落とす男に、峻仁は「やめなよ」と首を振る。

「あんたたちヘビー級が本気で喧嘩したら、しゃれにならないって」

茶化《ちゃか》そうとしたが、腫れた頬が引き攣《つ》ってうまく笑えなかった。

痛ましげに眉をひそめたアーサーが、ふと我に返ったかのように、右頬に触れていた手を下ろす。峻仁からすっと目を逸らし、低くつぶやいた。

「ユージンに手当をしてもらおう」

7

ウルフガングに殴られて顔が腫れたせいか、アーサーはその日、なにもしなかった。『森の家』までわざわざ来て、手を出さずに帰ったのは初めてだ。

ユージンが手当をしているあいだは黙ってそれを見守り、終わると、「おまえは部屋に行って休め」と峻仁を二階に上がらせた。そののちラウンジで、ユージンとなにやら話し込んでいたようだ。

一時間後、アーサーは峻仁の部屋に顔を出した。ソファでアイシングをしている峻仁に、

「ユージンの話では、明日にはもっと腫れるそうだ。しばらくは大人しくしていろ。怪我が治るまでは散歩も禁止だ」

そう命じてドアを閉めた。

数分後に鎧戸が下りた窓から遠ざかっていく車の音が聞こえてきて、峻仁はアーサーが『森の家』を離れたのを知った。

「……帰ったんだ」

なんだか拍子抜けしたような気分になる。

コッツウォルズからここまで何時間かかるのか知らないが、忙しいなか、それだけの時間と労力を費《つい》やして来館するのは、アルファとしての責務を果たすためだろう。

一日も早く、自分を孕ませるというタスク。

いまのアーサーにとって、それは最優先事項であるはずだ。

だから多少のアクシデントがあっても、タスクを遂行すると思っていた。

(顔が腫れたから?)

ユージンに状況を尋ねられ、殴られたときに軽い脳震盪を起こしたと話したから、そのせいなのだろうか。今日は安静にさせたほうがいいと、ユージンに諭されたのかもしれない。

いずれにせよ、あの暴君アーサーがあっさり身を引くとは。

そんなふうに自分を気遣ってくれるなんて意外だった。

いや……それを言うなら、あの「手」だ。

なだめるように、癒やすように触れてきた大きな手を思い出して、落ち着かない気分になる。

初めて会って以降ずっと、こちらの意思なんてお構いなしに乱暴に扱われてきたから、あんなふうにやさしくされると、どうしていいかわからなくなる。

(それにしても……)

ウルフガングに対するアーサーの怒りはすさまじかった。ユージンに状況説明をする際もまだ憤《いきどお》りが収まっていなかった。

仲間に対して、あんなに敵意を剝き出しにして大丈夫だったのかと心配になるほどだ。

——私のものに手を出そうとするなど、断じて許されないことだ。

耳殻にアーサーの声がリフレインする。

「……私の……もの」

無意識に口に出した直後、じわっと甘い気分が広がる。

あのときもアーサーの発言を機に、急に心臓が落ち着かなくなって……。

「なに？　なんだ？」

こんなのは初めてだ。

家族や立花のことを考えて、胸がほっこりあたたかくなることはあったけれど、甘くなるとか……。

初めての感覚に戸惑っていると、コンコンコンとノックが響いた。

「あ、はい……どうぞ」

ガチャリとドアが開き、ユージンが顔を出す。

「顔、どう？」

「ずっとアイシングしていたら、痛みは引いてきた」

「よかった。痛み止めはなるべく飲まないほうがいいから」

主治医の水川も、よほどのことがない限り薬を処方しなかった。人間用の薬が人狼に与える影響は、わかっていないことが大半だからだ。

ソファに並んで座り、患部をチェックしたユージンが、「まだ腫れているね」と言った。

「冷却シップを貼ろう」

右頬にシップを貼りながら、ユージンが申し訳なさそうにつぶやく。

「ひどい目に遭ったね。散歩が気晴らしになったらいいなと思ったのに……かえってごめん」

「ユージンのせいじゃないよ。それに……結果的には未遂だったし」

「アーサーがタイミングよく訪ねて来てくれて本当によかった」

「でもそのせいで、あのふたりはなんだか険悪な感じになっちゃってたけど」

「……ウルフガングはもともと、アーサーに対して複雑な感情があるんだ。年齢的には彼のほうがずっと上だし、群れの一員としてのキャリアも長い。だけど、オズワルドが選んだのはアーサーだった」

言動から自信家という印象を受けるので、その指名はウルフガングにとって屈辱だったのに違いない。ましてや副官ですらない三番目という立場に甘んじている現状は、かなり不本意なのだろう。

「俺がウルフガングの子供を産んだら、自分がアルファになれるって言っていた」

「そういった野望を抱いていることが今日ではっきりしてしまった。現在の序列に不満を持っているのは、かねてから言動の端々に滲んでいたから、アーサーもわかっていたみたいだけど」

そう語るユージンの顔つきは物憂《ものう》げだ。

「ただ……ウルフガングは、アルファの器ではないと思う。自己愛が強くて、抑制心に欠ける。今回の件でもわかるように、群れ全体のことよりも自分の欲望を優先してしまう。祖父もそう思ったんじゃないかな」

「……………」

どうやら、結束が強く見えたゴスフォードも一枚岩ではなく、内情ではいろいろあるらしい。

「今日のところはウルフガングが引いて、直接的な衝突は避けられた。アーサーも厳しく釘を刺したみたいだし、二度と変な考えを起こさなければいいんだけどね……」

それきりアーサーが『森の家』に来ないままに三日が過ぎた。

来館せずとも、ユージンとは連絡を取り合っているはずだ。兄に聞いて、峻仁の怪我についても経過を把握しているに違いない。

アーサーに言われたとおりに大人しく過ごしていたせいか、腫れ自体は半日で引き、紫色の痣《あざ》のようになっていた内出血もみるみる薄くなって、二日目の終わりにはほとんどわからない程度になった。

腫れはともかく、内出血がこんなに早く消えたのは、月齢が満ちてきた影響もあるだろう。月が満ちていくのと歩調を合わせて、体に力が漲《みなぎ》ってくるのを感じる。食欲も出てきて用意された三食を完食し、ユージンに喜ばれた。

夕食の席でそれとなく、今夜アーサーが来るかどうかを訊いてみたところ、「この時間で連絡がないってことは、今日はもう来ないんじゃないかな」との返答だった。

よし、と心のなかで拳を握る。

夕食後はラウンジで本を読みながら、峻仁はユージンが自室に下がるのを待った。

アルビノ種のユージンは体力がなく、夜更かしができない体質だ。月齢十二日目で普段よりはパワーがあるはずだが、峻仁の監視という役割はやはり気疲れするのだろう。十時には「おやすみ」と言って自分の部屋に引き上げていった。

峻仁もあとを追うように二階に上がる。

満月まであと三日。

脱出の決行は、パワーが最高潮に満ちる満月の夜がベストだ。

もし失敗したら、現在より監視が厳しくなる。そう考えればチャンスは一度きり。その一度を確実に成功させるためには、事前の下見が必須だ。前回は門までしか行けなかった。今夜は、そこから先を下見したい。

いまの時期は睡眠をあまり必要としないので、夜のあいだじゅう走り続けることも可能——とはいえ、夜が明けるまでには戻らなければならない。

時間を惜しんで、部屋に戻るなり衣類を脱ぐ。全裸でもほとんど寒さを感じなかった。

階段を忍び足で降りる。昨夜、ユージンが眠りについてから家のなかをくまなくチェックして、一階の勝手口の脇に納戸があり、ここだけ鍵がかかっていないことは確認済みだった。

納戸に入り、足許に設置された明かり取りの窓を全開にする。床に腹ばいになって、高さ二十センチ、幅五十センチほどの空間をかろうじてくぐり抜けた。

屋敷の裏手に立ち、太股近くまで雪に埋まった状態で変身する。

月が満ちつつあるせいか、前回よりスムーズに完了することができた。

狼化した峻仁は、まずは正面玄関まで雪を掻き分けて進んだ。全身雪まみれになって、玄関前の車寄せに出る。冬毛にみっしりついた雪をぶるっと振り払ってから、私道を駆け出した。

五分ほどで鉄門に到着する。この門を飛び越えられるか否かが、脱出へのひとつの試金石だ。

十メートルほど後退して、充分な助走を取って跳躍した。一回目はわずか十センチ及ばずに落下する。その失敗を踏まえ、二度目はさらに助走を長く取り、なんとか飛び越えることができた。

鉄門の向こう側にひたっと着地した瞬間、ゴスフォードの敷地内から脱出した解放感に遠吠えしたい衝動に駆られたが、もちろん自重した。

このまま逃げてしまおうか。

という誘惑にも駆られたが、まだ満月まで日があるので、狼化がどこまでキープできるかわからなかった。道に迷った挙げ句に人間に戻ってしまったら最悪だ。危険を冒すより、今日のところは下準備に徹したほうがいい。そう判断を下す。

ゴスフォードの敷地を抜けても深い森は続いた。途中で雪兎や狐を見かける。しかし、広い道や民家には出くわさない。人間の《匂い》もまったくしなかった。

ここがどこなのかもわからない。そばに国立公園があるとユージンが言っていたが、その公園のなかにすでに入っているのだろうか。

とにかく、行けるところまで行ってみよう。引き返すのは、雪にくっきりと残る自分の足跡を辿ればいいので簡単だ。

ふたたび走り出した峻仁は、ややあって、ぴたりと足を止めた。

アォ―――ン。オ―――ン……。

静寂を破る――朗々たる遠吠えに、全身の毛がざわっと逆立つ。

(アーサーだ!)

不意打ちでアーサーが来館したのだ。自分が部屋にいないことを知り、狼化して追ってきたのだろう。

まだ下見も完了していないのに、屋敷を抜け出したことをアーサーに知られてしまった!

(どうしよう)

アォ―――ン。オ―――ン……。

あのときと同じように、アーサーが自分を呼んでいる。

おまえはどこにいる？　いますぐ私のそばに来い、と。

ここはもう逃げるしかないのに、遠吠えに引き寄せられてしまいそうな自分がいる……。

そんな自分に困惑しているあいだに遠吠えが途切れ、入れ替わるようにザッザッと雪を掻く音が聞こえてきた。

はっと振り返った峻仁の前に、積雪のなかから大型の狼が姿を表す。

月明かりに輝くふさふさの毛並み。炯々と光る眼。張り出したマズル、尖った耳。がっしりとした筋肉質の胴体。太くて長い四肢。

ぴんと立った尾はアルファの証だ。

自分とは骨格からして異なる王者の風格に改めて圧倒される。

初めて狼化したアーサーと対峙《たいじ》した際、無謀にも闘いを挑み、完膚《かんぷ》無《な》きまでに叩きのめされた。

狼としての優劣を、痛みをもって体に教え込まされた。

そのとき体に染みついた畏怖心が蘇り——気がつけば、無意識のうちに平伏していた。

耳を伏せ、腰を下げ、尻尾を丸めて服従の意を示すと、アーサーが牙を剝いて「ウゥ……」と唸り声をあげる。

ゴスフォードの私有地を抜け出した自分を怒っているのだろう。やがてアーサーがこちらに向かって走り出した。

咬みつかれるか。突進されて、頭突きか。

体罰としての、なんらかの攻撃を覚悟していたが、意外にもアーサーは峻仁の脇をすり抜け、追い越していった。十メートルほど抜き去ってから足を止め、峻仁を顧みる。光る眼でじっと見つめてきた。

（ついてこいって……ことか？）

アーサーが追従を促すように鼻面《マズル》をくるりと前に向ける。走り出すアーサーにつられて、峻仁も雪のなかを駆け出した。

そこからは疾走するアーサーの後ろにポジションを取り、夜の雪の大地をひたすら駆ける。

（速い！　速い！）

まさしく疾走と呼ぶに相応《ふさわ》しいスピードだ。

置いていかれないように懸命にあとを追ったが、もともとの脚力が違うので、徐々に引き離される。

そのたびアーサーは歩調を緩め、峻仁が追いつくまで待ってくれた。

峻仁も少しずつ雪に慣れ、アーサーと並走できるようになってくる。

月明かりにぼんやりと白光する夜の雪原を、二頭で無心に走り続けた。

ただ走る。それだけのことなのに、ものすごい解放感だった。

そうだ。――自分たちは走るために生まれてきた。

獲物を追い、月に吠え、大地を駆けることが、すなわち生きている証だった。

自分の奥深くに眠っていた狼としての原始の記憶が目覚めるのを、峻仁は感じた。

いつしか足許に傾斜がつき、山のなかに入っていることを知らせる。

先に山道を駆け上がっていたアーサーが、ふと足を止めた。

彼がまっすぐと見つめる、突き出た岩の上に、大きな動物のシルエットを認める。

すらりと長い四本の脚に、頭部には立派な角。

鹿だ！

雪兎や狐は子供のころのフィールドワークで見たことがあったが、野生の鹿は初めてだ。

興奮した峻仁の喉から「ウーッ」という唸り声が漏れる。

びくっと鹿が身じろいだ。

（しまった！）

そう思った瞬間には、鹿はひらりと身を翻《ひるがえ》し、岩山を駆け上がっていく。

逃げる鹿を二頭で追った。

これはもう、狼の本能のようなものだ。

捕食動物としての狩猟本能を刺激され、峻仁はかつて覚えがないほどに自分が昂っているのを感じた。

鹿は思っていたより機敏だった。ぴょんぴょんと跳ね、ジグザグに方向転換しつつ、今度は岩山を下っていく。

アーサーが「ウゥッ」と声を出してスピードを上げた。鹿とは九十度の方角に向かって急な斜面を駆け下りていく。どうやら迂回《うかい》して、鹿の前に回り込むつもりのようだ。挟み撃ちにしようというのだろう。

意図を理解した峻仁は、引き続き鹿を追った。背後に迫り来る峻仁の気配を感じてか、鹿が決死の逃走を図る。

左手下方、突き出た岩や張り出した木の枝のあいだに、アーサーの姿が見え隠れしていた。走るアーサーから、さらに斜面を下った場所には川が流れているらしく、水音が聞こえる。

足音をひそめて鹿に近づくアーサーに合わせ、峻仁も加速した。少しずつ距離を詰めていく。

すると、前方から回り込んだアーサーが鹿の前に飛び出した。

「ウゥーッ」

突然目の前に現れた狼に、鹿がびくっとすくみ上がる。後ろ脚で立ち上がったその瞬間を逃さずに、アーサーが下から飛びかかるようにして喉笛に咬みついた。

「キィーッ!」

狂ったように暴れる鹿に食らいついて離れず、そのままものすごい力で引き倒す。

鹿がどさっと雪に倒れ込み、アーサーも体を横たえた。断末魔の悲鳴をあげてもがく鹿を、顎の力でしっかりと押さえ込み続ける。しばらくぴくぴくと痙攣していた鹿は、やがてぴくりとも動かなくなった。

（……すごい！）

生まれて初めてリアルな捕食の現場に立ち会った高揚で、血がふつふつと滾《たぎ》るのを感じる。

（すごい！　すごい！）

アーサーが食い込ませていた牙を抜くと、ぷんと血の臭いが漂ってきた。その臭いに誘われるように、峻仁はアーサーのもとへ駆け寄った。

一刻も早くそばに行こうと逸るあまりに、跳躍の足がかりにした岩肌で足がつるっと滑る。あわてて爪で引っ掻いたが踏みとどまれず、体が岩から離れた。

「キャンッ」

空中で四肢をばたつかせながら十メートル近く落下する。背中から川にバシャン！　と落ちた。いったん川底まで沈んだ体を浮き上がらせ、前肢と後肢でバシャバシャと必死に水を掻く。

だが川の流れは想像以上に速かった。体勢を立て直す前に流されてしまう。

冬毛は体温をキープするために分厚くできているが、そのぶん水を含むと重い。濡れた体が思うように動かない。

氷のように冷たい水が口のなかまで入ってきた。ゴボゴボと音を立てて空気が漏れる。

（苦し……っ）

このまま死ぬんだろうか。

オ――――ン……。
薄れていく意識の片隅で、峻仁は自分を呼ぶ遠吠えを聴いた。

パチパチと火が爆《は》ぜる音で目を覚ました。

「…………」

目蓋《まぶた》を上げてうっすら目を開く。最後の記憶は冷たい水のなかだったが、いま体はあたたかかった。

(……俺?)

確か川に落ちて溺れかけて……。

「目が覚めたか?」

その問いかけに両目をパチッと見開き、ガバッと起き上がった。反動で毛布が肩からずり落ちる。腰まで露《あらわ》になった自分の体を見て、全裸であることを知った。

裸で……人間だ。

「覚めたようだな」

峻仁は声の主を見た。

アーサーが、石と薪《まき》で組んだ焚《た》き火に枯れ木をくべている。こちらも人間の姿だが裸ではなく、丸首のセーターにウールのズボンを穿《は》いていた。ただ髪が濡れていて、オールバック気味に後ろに流されている。

「おまえは川に落ちたんだ。ここは私が有事の際の一時避難所として使っている洞穴で、衣類や毛布、食料などが備蓄してある」

説明されて周囲を見回せば、確かにごつごつとした岩に囲まれた空間だった。山の中腹にできた自然の洞穴なんだろう。天井まで二メートルほどの高さがあり、暗くてよく見えなかったが、奥行きはかなりありそうだ。

峻仁はずり落ちた毛布を肩まで引っ張り上げる。

「あんたが……助けてくれたのか？」

アーサーがちらっと一瞥をくれた。

「都会の狼がひ弱なのはわかっていたが、まさか泳げないとはな」

皮肉げに唇を歪められ、カッと顔が熱くなる。

「人間の姿なら泳げる！」

ついムキになって言い返した。

「お、狼の姿では水に入ったことがなかったから」

「真冬の川の水は氷のように冷たい。体が動かずとも致し方がないだろう」

上から偉そうに決めつけられてむっとしたが、もしアーサーが助けてくれなかったら死んでいたかもしれないと思うと、それ以上の反論もできない。

（そうだ……助けてくれなかったらたぶん死んでいた）

つまりアーサーは、命の恩人ということになる。

改めてその事実に思い至った峻仁は、複雑な気分になった。

敵なのに、命の恩人。

（礼……言うべきだよな）

そういえば、ウルフガングの件でも礼を言いそびれていたし、この男にこれ以上借りを作りたくない。

しばらく躊躇った末に口を開いた。

「助けてくれて……ありがとう」

焚き火越しにアーサーが手を止めるのが見える。片方の眉を意外そうに持ち上げ、双眸を細めた。

「そう思うならば、二度と勝手に抜け出すな」

憮然とした声音で言い放ち、もう一本枝をくべたあとで低くつけ加える。

「……訪ねていった部屋におまえがいないと知って、肝《きも》を冷やしたぞ。風がさほど強くなく、《匂い》を辿ることができたからいいようなものの」

「…………」

「月が満ちて昂るのはわかるが、夜の散歩はせめて私有地内にしておけ」

どうやら、月齢に触発された衝動的な行動だと思っているようだ。

(よかった。脱出のための下準備だとは気づかれていない)

「ごめん」

「……もういい。……ひさしぶりに山を駆けることができて、私も気分転換になった」

アーサーの声から、憤りが和《やわ》らいだのを感じ取ってほっとする。

同時にチクッと胸が痛み、そんな自分に苛立った。

(罪悪感なんて覚える必要ない。向こうが勝手に攫ったんだ。こっちは被害者なんだぞ)

助けてくれたからといって、そこは混同しちゃ駄目だ。プラマイゼロくらいに思わないと。

自分に言い聞かせていると、コポコポと液体が沸く音が聞こえてきた。

焚き火の上に太めの枝が橋渡しされており、ケトルがぶら下がっているのだが、それが沸騰したらしい。アーサーが枝からケトルを外し、中身をホーローのカップに注ぐ。茶色い液体をふたつのカップに分け入れ、さらになにかを入れて、スプーンでくるくると搔き混ぜた。

「ほら、飲め。体があたたまる」

アーサーに手渡されたカップからは、湯気と一緒に甘い香りが立ち上っている。どうやら煮出した紅茶に蜂蜜を混ぜたもののようだ。

(……いい匂い)

冷えた体が糖分を求めているのを感じる。

「熱いから気をつけろ」

蜂蜜の香りに誘われてずずっと紅茶をすすった直後、「あちっ」と悲鳴をあげた。

「馬鹿。気をつけろと言っただろう」

たしなめられて首をすくめる。

「まったく……雪のなかを散歩に出たり、川に落ちたり、おまえは目が離せないな」

呆《あき》れたような声を出したアーサーが、自身もカップを手に持ち、峻仁の斜め向かいに腰を下ろした。毛布の上に胡座を搔く。

「昔からこうなのか?」

「……子供のころからわりと好奇心は強いほうだと思うけど……」

でも、一貫してやんちゃだったのは希月のほうで、自分は年齢のわりには大人びている、落ち着いているというのが定説だった。自分でもそう思い込んでいた。

それがここに来てから、これまでのキャラと変わりつつある自覚がある。

それはたぶん、なんとか運命から逃れようと必死だからだ。

こんなふうになりふり構わず足搔いたことは、いままでの人生でなかった。

(けどさっきのは……鹿を追ったときのテンションは……それとはまた別だった)

「鹿を追ったのは初めてだったけど……すごく興奮した」

思わず口に出してつぶやくと、アーサーがこちらを見た。

「狩りの経験は？」

「ない。基本的に変身も禁じられているし」

「……確かにあれだけ人間が多い場所では、本来の姿で駆け回ることはむずかしいな」

東京の猥雑《わいざつ》さを思い出しているかのような面持ちで、アーサーがうなずく。

本来の姿。

アーサーにとっては狼の姿が本来の自分なのだと、その言葉から窺い知れた。

（逆だ）

自分のなかでは狼の姿がイレギュラーで……。

アーサーのようにプライドや自負を持てるほど、自分には狼としての経験値がない。

いままでの自分は、おのれのなかの「獣」が目覚めないよう、抑え込むことを一義として生きてきた。

そうしなければ都会では——人間の社会では生きていけないから。

アーサーと自分の違いをぼんやり考えていたら、低音が響いた。

「私が教えてやろう」

「え……？」

なんのことだかわからずに訊き返す。アーサーが「狩りだ」と答えた。

「狩りの経験もないようでは、一人前の狼とは言えない」

（って、アルファ直々に狩りを教えてくれるってこと？）

願ってもない提案に、ぱぁっと顔が明るくなったのが自分でもわかった。

「お、お願いします！」

とっさに畏《かしこ》まった言葉遣いで頼み込む峻仁に、アーサーがふっと笑う。

前回と違って、今回ははっきりと笑ったのがわかった。

（……笑った）

劇的に和らいだ表情は包容力に溢れ、男性的な魅力に満ちている。

束の間、峻仁は正面の男に見惚れた。

笑ったアーサーは、ほんの少しだけ父に似ている気がした。

「スパルタでいくぞ。途中で泣き言を言うなよ」

早速師匠モードの男に念を押され、こくりと首を縦に振る。素直な峻仁に、もう一度唇の片端を引き上げて、アーサーがカップを口に運んだ。

パチパチと爆ぜる焚き火の炎が、ただでさえ立体的な顔立ちに深い陰影を与えている。

豊かなダークブラウンの髪を後ろに流しているせいで、形のいい額が露になっていた。生え際のラインが美しく、高くてまっすぐな鼻梁と相まって、普段よりも貴族的な面が強調されているようだ。

対照的に、太い眉の下の瞳は、男が持つもうひとつの資質である野性味を映し出している。

（まつげ……長い）

伏せた目を縁取るまつげの長さにこっそり驚嘆しながら、こんなふうにアーサーとのあいだに穏やかな空気が流れるのは初めてだと気がついた。

これまでは顔を合わせれば「種付け」されていたから、アーサーとの時間は峻仁にとって、緊張と苦痛を強いられるものでしかなかった。

（「種付け」……しなくていいんだろうか）

狼の繁殖期は冬。春には終わる。「種付け」の時期は限られているのだ。

ウルフガングの件があったので、前回から間《ま》が空いている。

今夜はそのつもりで来たはずだ。

なのに自分は部屋にいなかった。

外に出たことを《匂い》で察したアーサーは、おそらく、土地勘のない自分の身を案じて追ってきた。

さっきの口ぶりから推《お》し量るに、狼姿の自分に「体罰」を与えなかったのは、軟禁状態にフラストレーションを感じての脱走だと思ったからだろう。

だからストレスを発散させてやろうと、率先して雪原を駆け回った。

そうして遭遇した獲物をともに追いかけ――。

鹿を一撃で倒したアーサーの雄姿を思い出しただけで、いまも体が震える。あのときの興奮が蘇ってくる。

単独で獲物を仕留めるその姿に、まさしく森の王者の風格を見る思いだった。

それだけじゃない。アーサーは川に落ちた自分を救い出してくれた。みずからも冷たい水に入って助けてくれた。

(やっぱりアーサーはアルファなんだ)

大きくて強くて、リーダーシップと包容力を兼ね備えた、真のアルファ狼。

知らなかった新しい一面を見たような気がして、炎越しにアーサーを眺めていると、峻仁の視線に気がついた男が顔を上げる。

その目には赤い炎が映り込んでいた。

人間の姿になっても、琥珀色の瞳にだけは「獣性」が残っている。それが、人一倍端整なルックスを、より魅力的に見せている気がした。

「………」

なんとなく自分からは逸らしがたくて、魅入《みい》られたように野性味を帯びた双眸を見つめ続ける。

アーサーも視線を外さない。

やがて徐々に、アーサーの目が熱を帯びてきた。瞳のなかでゆらゆらと揺れる炎に炙られ、峻仁の体がぶるっと震える。

「まだ寒いか」

問いかけに、首を横に振った。

寒いわけじゃない。逆だ。暑い。

でも、手も足も肩も、指の先まで小さく震えている。

体のなかは滾るように熱いのに、震えが止まらない。不思議な感覚。こんなの初めてだ。

ふと、気がついた。

飢《かつ》えだ。この震えは飢餓《きがかん》感から来ている。

体が飢《う》えて……震えているのだ。

自覚した刹那、なにかに操られるように、峻仁は立ち上がっていた。焚き火を回り込んでふらふらとアーサーに近づく。完全に無意識の行動だった。

自分でもなにをしているのかよくわかっていなかった。なにがしたいのかもわからない。わからないままにアーサーの前に立ち、摑んでいた毛布を手から離した。バサリと毛布が落ち、白い裸身が露になる。アーサーが小さく息を呑んだ。

射るような眼差しを浴びた肌が、じわじわと熱を帯びていく。

アーサーの視線がゆっくりと下がり、やがてぴたりと止まった。食い入るように一点を見つめてくる。凝視した状態で手を伸ばし、峻仁の腕を摑んだ。

「あっ……」

ぐいっと引き寄せられ、胡座を組んだ脚の上に膝をつく。すかさずアーサーの手が背中に回り、膝立ちの体勢で固定された。

ずっと凝視していた場所に、アーサーが顔を近づける。ふっと息を吹きかけられ、〈ソレ〉がぴくんと震えた。

その段になって初めて、峻仁は自分が勃起していることに気がついた。カッと顔が火を噴く。まだなにもされてない。

指一本触れられていないのに、昂ってしまっている自分に目眩《めまい》がした。

恥ずかしくて、全身が羞恥に染まる。

たぶんアーサーの狩りを目の当たりにした……興奮の余韻が体に残っているのだ。

「……ぁ……っ」

喉の奥から掠れた声が漏れたのは、アーサーがいきなり勃起の先端に唇を押しつけたから。濡れた唇の感触に、ひくんっと背中がたわむ。

「えっ……ちょっ……」

思いも寄らない行動に動揺し、峻仁は腰を引こうとした。だが、逞しい腕でがっしりと押さえられていて逃げられない。

「な……なんで？　そんなとこ……ひぁっ」

先端を舌でぬるっと舐められて変な声が出た。

「や……やめ……きたなっ……」

混乱を来《きた》す峻仁に構わず、アーサーは亀頭をねっとりとした舌遣いで舐め回し、さらに括《くび》れの部分にも舌を這わせる。

知識としてフェラチオは知っている。だけどされるのは初めてだし、アーサーがなんでわざわざそれをするのかもわからなかった。

ゲイではないアーサーにとっても、男性器を口に含む行為はハードルが高いはずだ。その証拠に、これまでのセックスではしなかった。

（それが急に……なんで？）

疑問と戸惑いが入り交じる脳とは裏腹に、体は未知の愛撫を拒むことなく、むしろ嬉々《きき》として受け入れ始めている。

シャフトを横咥えにされ、敏感な場所にちろちろと舌先を這わされ、びくびくと腰が揺れた。

根元から括れまで、つーっと裏筋を辿られて、背中がゾクゾク震える。

先端からじわじわと含まれ、包み込む口腔《こうこう》の熱さに涙が滲んだ。

すっぽりと咥え込んだペニスを、アーサーが舌を絡ませながら出し入れする。その都度、じゅぷっ、じゅぷっと淫猥《いんわい》な音が鼓膜を刺激した。

巧みな舌での愛撫と平行して、大きな手が陰嚢《いんのう》を掴み、やんわりと揉みしだく。重く腫れた陰嚢をぎゅっと握られた瞬間、勃起の先端から透明な粒が盛り上がり、ぽた、ぽた、と雫《しずく》となって滴《したた》り落ちた。

（気持ち……いい）

こんなに気持ちいいの……初めて。

しゃぶられているところから、いまにもとろとろと溶け出しそうだ。

「ふ……あっ」

痛みを伴うアナルセックスとは異なり、口淫はただただ気持ちよかった。

ひたすらに甘い快楽の波状攻撃に腰が砕けそうになり、取り縋るようにアーサーの髪を摑む。

まだ湿った髪に指をくぐらせ、狂おしく掻き回した。

「ん……ふ……ん」

なかば意識を飛ばし、恍惚《こうこつ》としていた峻仁は、突然尻を鷲摑みにされて、びくっとおののいた。

アーサーの大きな手が、弾力を確かめるみたいに尻肉を揉み込む。指の痕がつきそうなほどにきつく揉みしだかれると、口のなかの欲望がぴくん、ぴくんと反応した。

「あっ……アッ」

尻を揉まれて感じるなんて、なんだか……恥ずかしい。

俯き、上目遣いのアーサーと目が合った。

感じている様子をつぶさに見られていたのかと思ったら羞恥が高まり、黒目がじわっと潤んだ。

視線を合わせたまま、アーサーが口から欲望を離す。

「……あ」

まだ、もっと、と口走ってしまいそうになり、あわてて喉許で押し殺した。

でも体は正直だ。唾液混じりのペニスが、物欲しげにふるふると揺れている。

執着していた下腹部から顔を上げたアーサーが、今度は峻仁の首筋に吸いついた。甘噛みしたり、吸ったりしながら、みずからの下衣の前をくつろげる。アーサーが雄の証を取り出すと、甘くてスパイシーな《匂い》が立ち上った。

特別な《匂い》にうっとりする峻仁の手を、アーサーが摑んで引く。導かれ、握らされた雄蕊《ゆうずい》は、燃えるように熱かった。

その熱さと《匂い》の相乗効果で、頭がぼーっとしてくる。

酔ったみたいに体に力が入らない峻仁を、アーサーが自分の膝に跨《また》がらせた。胸と胸を合わせた体勢で、反り返った欲望を会陰《えいん》に擦りつけてくる。

「んっ、あっ」

複雑な隆起を刻んだ剛直で刺激され、ビリビリと熱い痺れが前方に走り抜けた。

峻仁のペニスはいまにも下腹部にくっつきそうにエレクトし、先端からだらだらと愛液を零している。

張り出たエラで擦られているうちに、後孔がヒクヒクと淫らに収斂《しゅうれん》し始めた。

喉がカラカラに渇き、薄く開いた唇から熱い息が漏れる。

これが発情期だからなのか、混沌《こんとん》とした意識ではもはやわからなかった。冷静な思考回路など、とうにどこかへ飛んでしまっている。

それでもかろうじて残っている最後の理性が「駄目だ」と警鐘を鳴らす。

受け入れて、もし妊娠してしまったら？　取り返しがつかない。

いっときの欲望に流されるべきじゃない。駄目だ。駄目だ。だめ……。

何度も繰り返した。なのに。

「腰を浮かせろ」

耳許で低く命じる声に、警鐘は押し流されてしまった。

浮かした尻の窄まりに濡れた切っ先をあてがわれる。逃げられないように腰を摑まれ、ぐいっと引き下ろされた。先端がめりめりと突き刺さるショックで息が止まる。

いっそひと思いにやるほうが苦しみが少ないとでもいうように、アーサーが一気に押し入ってきた。

「ア、アー……ッ」

ぶわっと生理的な涙が溢れる。ここから先に快楽が待っていると知らなかったら、衝撃に耐えられなかっただろう。

なんとか根元まで受け入れ、汗でびっしょり濡れた体を抱き締められる。

「はっ、はっ、はっ」

浅い息遣いを繰り返し、どうにか正常な呼吸を取り戻した。

頃合いを見計らったかのように、アーサーが動き出す。はじめは様子見もあってか、小刻みに突かれた。

「……んっ……んっ」

体内の異物に慣れてきて、だんだん気持ちよくなってくる。アーサーは的確に、感じるポイントを狙って突いてきた。

「あっ、あっ」

徐々に突き上げが強く、ストロークが深くなってくる。穿たれるたびに、峻仁は甘く、切なく啼《な》いた。

「ふ、あっ……はぁンっ……んっ」

身を反らす峻仁の乳首をアーサーが口に含む。前回「覚えた」乳首で感じて、なおいっそう乱れる。

乳頭を歯で引っ張られ、自分の「なか」がきゅうっと締まるのを感じた。

固い腹筋に擦られたペニスがふたたびエレクトする。勃起した先端から、白濁混じりのカウパーがじゅくじゅくと溢れた。

ゆさゆさと揺さぶられて、振り落とされないように首に腕を回す。

太い首にぎゅっとしがみつき、逞しい腰に両脚を絡ませた。

アーサーが耳の軟骨を甘噛みし、耳殻をねぶりながら囁く。

「吸いつきがすごいぞ」

「……ん……ふ」

「気持ちいいか？」

「い、……いいっ……いいっ」

口に出すことで余計に官能が増幅する。気がつくと峻仁は、みずから腰を前後左右に揺らめかしていた。

自分から貪欲に求めてしまうのを止められない。

いけないと思えば思うほどに快感が増して、おかしくなってしまう。

媚肉がうねるのがわかる。うねって、雄々しい雄に絡みつき、食い締める。

耳にかかるアーサーの息も荒くなり、動きが激しくなった。

熱情をぶつけるような抽挿に、パチュンパチュンと結合部から水音が漏れる。アーサーの膝の上で、峻仁の白い裸体は雪兎みたいに跳ねた。

この先にある感覚を、自分はもう知っている。

体が浮遊して、頭が真っ白になる——あの感覚。

「あ……いっ……い、くっ……イクぅっ……」

絶頂への階《きざはし》を駆け上がる峻仁の嬌声が、洞穴に反響する。

「……いっ……ッ――」

達するのとほぼ同時に体内のアーサーをきつく締め上げた。数秒の時間差で、アーサーもみずからを解き放つ。叩きつけるような放埒《ほうらつ》を浴びて、峻仁はアーサーの腕のなかでビクビクと痙攣した。

「……は……あ……あ……」

自分の「なか」を熱い精液でたっぷりと濡らされる。

その感覚に痺れるような充足感を覚えながら、峻仁はぐったりとアーサーに寄りかかった。

＊＊＊

「みちる……どう？」

白いカーテンを薄く開けてなかを覗《のぞ》き込み、パイプベッドに横たわっている幼なじみの目が開いていることを確認してから、希月は声をかけた。

みちるがこちらを向き、「キヅ……心配かけてごめん」と小さくつぶやく。

「もう大丈夫だから」

そう言って起き上がろうとするみちるを、希月はあわてて止めた。

「急に起き上がんないほうがいいよ。倒れたんだから」

ここのところずっと案じていたことが現実になってしまったのは、六時限目の冒頭。

授業中、みちるが教室で倒れたのだ。

みちると選択教科が違う希月は、そのことを放課後まで知らなかった。六時限目の授業が終わって教室に戻り、そこで初めて、彼が保健室に運ばれたことを知ったのだった。

「本当にもう大丈夫。結構寝たから」

（いま五時過ぎだから……三時間弱は眠った計算か？）

壁のかけ時計を横目に、希月は計算した。

みちるが倒れたことを知ってすぐ保健室に駆けつけた希月に、女性の養護教諭は「極度の睡眠不足ね」と言った。

「神山《かみやま》くん、もともと丈夫なほうじゃなくてたまにここを利用していたのに、なんだかまた痩せちゃったみたい。賀門《がもん》くん、なにか聞いてる？」

「……いいえ、特には」

「そう……とにかくいまは眠っているから、あとで迎えに来てやって」

そう言われたので、図書室で時間を潰し、頃合いを見て保健室を再訪したのだ。

「……先生は？」

「会議に出てる。遅くなるから帰れるようなら帰っていいって。ここの鍵は預かってる。先生は別に鍵を持ってるから、持って帰っちゃって明日返せばいいらしい」

みちるがもぞもぞと起き上がり、枕元の眼鏡を取ってかけた。脱いであった制服のズボンを穿き、上着を着て、コートを羽織る。みちるが帰宅準備をしているあいだ、その様子を黙って見ていた希月は、内心でほっとした。

（よかった。眠ったせいか、少しだけ顔色がよくなった）

おそらくこのところずっと、熟睡できていなかったに違いない。

自分もそうだからわかる。

それでも自分の場合は、眠りが浅いのは満月が近づいてきているせいでもあり、ここまで月齢が満ちてくると数日なら睡眠を取らなくても平気だが、人間のみちるはそうはいかない。

先生が言っていたとおり、「もともと丈夫じゃない」ところに峻仁失踪のショックが追い打ちをかけ、ただでさえ細いのが、ますます痩せ細ってしまった。

ある日突然いなくなってしまった峻仁を、希月と一緒に学校を休んで捜してくれていたみちるだが、一週間を過ぎると、インフルエンザで欠席という言い訳もきかなくなった。家族に内緒で休んでいたので、学校から連絡が行ってしまっても困る。

希月も希月で両親に「おまえの気持ちはわかるが、タカのことは大人に任せて学校に行きなさい。学生のおまえの本分は学業なんだから」と諭され、仕方なくみちるとともに学校に通い始めた。

現在峻仁は、表向きは体調不良を理由に、無期限の休学扱いになっている。これで双子の自分まで学校に行かなくなったら、学年主任の立花の立場がむずかしくなるという事情もあった。自分と峻仁は特進クラスのなかでも上位をキープしていて、学園の「広告塔」と見なされているからだ。

(あれから十二日……)

峻仁の行方は相変わらず杳《よう》として知れず、捜索は完全に行き詰まっている……。

いまだに外部からの接触はなく、身代金を狙った営利誘拐の線も、大神組と敵対する他組織のラインもほぼ消えた。

現時点では、なんらかの事故に巻き込まれた可能性が一番高い。

さすがにここまできたら、刑事事件にすべきじゃないのかという意見も出てきて、数日前から話し合いの場が持たれていた。

父や立花は賛成派で、神宮寺を護《まも》ることが第一義の御三家は頑《がん》として反対している。

人狼である祖父や叔父、母は中立だ。

このままでは、峻仁の失踪をきっかけに一族が分裂してしまいそうで、それも怖い。生きているのか否か——それすらもわからない状況に、だれもが追い詰められ、疲弊《ひへい》してきているのを感じる。もちろん自分も例外じゃない。

峻仁がいなくなった日から、希月の生活は変わった。

まず、笑わなくなった。そんな希月になにか異変を感じてか、クラスメイトも遊びの誘いをかけてこなくなった。

突然の「タカくんの休学」に、ファンクラブの女子は一時期騒然としていたが、立化がうまく説明してくれたので、いまでは大分落ち着いていた。たまにクラスの女子が「タカくん、どう?」と訊いてきたり、廊下で見知らぬ女子に呼び止められ、手紙やお見舞いの品を渡して欲しいと頼まれたりする程度で済んでいる。

バスケ部は「一身上の都合」で休部させてもらった。峻仁の休学がかかわっていると察したのだろう。監督は「待ってるからいつでも戻ってこい」と言ってくれた。

だけど、弟が行方不明なのにみんなと楽しくバスケするとか、とてもじゃないけどそんな気分にはなれない。

「…………」

元来口数が多いほうじゃないみちると会話も弾まないままに、並んで通学路を歩く。

峻仁がいなくなる前は、自分が放課後は部活に出ていたので、みちるは峻仁とふたりで帰ることが多かった。中学時代からクラスが同じだったせいもあり、どちらかといえば峻仁のほうが仲がよかった。

その峻仁がいなくなって、突然ふたりきりで取り残された自分とみちるのあいだにも、拭いがたい違和感が横たわっている。大切なパーツが欠けてしまった欠乏感とともに……。

出し抜けに、みちるが足を止めた。

ぎゅっと拳を握り締め、思い詰めたような表情でアスファルトを凝視している幼なじみに、希月は「みちる？」と声をかける。

「どうし……」

「タカ……どこにいるんだろう」

被せるように、みちるが低い声を落とした。俯いていた顔を振り上げ、希月を顧みる。

「ゆ、誘拐なら、なんらかの要求があるよね？　もう十二日も経つのに、だれからもなんにも言ってこない……」

声が震えている。唇がわななき、いまにも泣き出しそうだ。

「も、もしかしたら車に撥《は》ねられてっ……みんなが気がつかないところに倒れててっ……そ、それでっ」

「みちる」

上擦《うわず》った悲鳴のような声を、希月は落ち着いたトーンで遮った。

「タカは生きている」

虚を衝かれたように、みちるがレンズの奥の両目を見開く。希月は、幼なじみの青ざめた顔をまっすぐ見つめた。

「俺にはわかる。――わかるんだ」

「キヅ……」

「だから、諦めないで捜そう。タカが帰ってくるのを信じて待とう。な？」

「……うん」

うなずいたみちるが、顔をくしゃっと歪めた。目の縁からぽろっと涙が零れる。

希月は制服のポケットを探ってくしゃくしゃのハンカチを取り出し、みちるに黙って渡した。


「ただいま」

だれもいない空間に向かって、希月は声を出した。今日も、父さんと母さんは神宮寺の屋敷に行っている。

峻仁がいなくなってから、日中は息子を捜し、夕方以降、親族との話し合いの時間を持つ日々が続いていた。

父も母ももちろん、言葉では言い表せないような激しいショックを受けているだろうが、それを希月に覚らせない。

ふたりとも一度も涙を見せないし、泣き言も言わない。

峻仁はきっと生きている、いつか必ず戻ってくると信じて、捜索を続けている。

その気持ちは希月も同じだ。さっき、みちるに言った言葉も本心だ。

希月には、峻仁が生きている確信がある。

もし、峻仁が死んだならば、絶対にそうとわかる自信があった。

(だから……タカは生きている)

二階の自室に上がった希月は、スクールバッグをベッドに投げ、自分も制服のままダイブした。

ベッドで仰向けになって、天井を見上げる。

今朝方も浅い眠りのなかで峻仁の夢を見た。

いなくなってから定期的に見ていたけれど、ぼんやりととりとめのなかったその夢が、満月が近づくにつれて徐々に明確になってきたように感じる。

どうやら夢のなかの自分は弟と同化して、彼が見ている光景が見えるようだ。

一貫して峻仁の目に映っているのは、たくさんの雪と樹氷。

雪の森だ。

幼いころに登った雪山の風景とも異っており、希月自身の記憶にはない風景だった。

だからこそ、いま現在、峻仁が見ている風景であると思える。

（おまえはいま、そこにいるのか？）

雪に埋もれた森に――。

弟に問いかけながら、じわじわと目を閉じる。昨夜も四時過ぎまで峻仁の《匂い》を求めて外を捜し回っていたせいか、ゆっくりと意識が遠ざかった。

「………――」

ふわっと上空に浮き上がるような感覚。空の上から広大な雪の森を見ていた希月は、やがて一頭の狼を捉えた。茶色でほっそりとした小柄な狼は……峻仁だ。

（今朝の夢の……続き？）

弟の姿を認識したとたんに急降下して、どんどん狼に近づき、ついにはその体に吸い込まれた。

急に世界がモノクロになる。狼の目になった証拠だ。

ハッハッハッハッ……。

雪のなかを疾走していた〈峻仁〉がぴたりと足を止めた。

アォ――ン。オ――ン……。

朗々たる遠吠えが雪の森に響き渡る。

やがて雪を蹴るザッザッザッという足音が聞こえてきた。振り返った〈峻仁〉の前に、大型の獣が姿を現す。

月明かりに輝くふさふさの毛並み。炯々と光る眼。張り出したマズル、尖った耳。がっしりとした筋肉質の胴体。太くて長い四肢。

いままで見たこともないくらいに大きくて、尾がぴんと立っている。

希月はパチッと目を開けた。がばっと起き上がり、カラカラに渇いた喉を開く。

「……狼?」

to be continued...

あとがき

こんにちは。はじめまして。岩本薫です。このたびは発情シリーズ第二部「艶情　王者の呼び声」をお手に取ってくださいましてありがとうございました。

まずは、こちらのシリーズは初めてという方に簡単な説明を。

発情シリーズはBBNで四冊（「発情」「欲情」「蜜情」「色情」）既刊が出ております。基本的にノベルズで展開しているシリーズですが、一冊だけ四六判の単行本も出ております。「情〜Emotion〜」というタイトルで、私のデビュー十五周年を記念して発売になりました。こちらは、別のシリーズである「熱情シリーズ」との合同本になります。キヅタカの赤ちゃん時代から小学生、中学生までが読めますので、ご興味を持たれましたら、よろしくお願いいたします。

前置きはこのくらいにして、本著「艶情」は、双子の片割れである峻仁のお話になりました。お相手は「蜜情」に出てきた英国のゴスフォード一族のリーダーです。十七年前の因縁によって引き合わされたふたりは、否応もなく運命の嵐に巻き込まれていきます。すでに本篇をお読みの方はおわかりかと思いますが、お話はまだ終わっていません。「艶情」は二冊組の構成ですので、来月、下巻の「艶情　つがいの宿命」が発売になります。下巻はさらに怒濤の展開となりますので、ふたりの恋の成就を祈って一ヶ月お待ちいただけたらうれしいです。

ではまた来月にお会いできますことを祈って。

二〇一五年　春　　岩本　薫

◆初出一覧◆

艶情《えんじょう》 王者の呼び声　　　　／書き下ろし

Illustration：北上れん

次巻予告

アルファ狼としての魅力に溢れるアーサーに
次第に惹かれていってしまう峻仁。
一方アーサーも峻仁をどうしようもなく愛し……！
二人の運命は!?

2015年
6月19日(金)
発売予定！

BBN
「艶情 つがいの宿命《さだめ》」

絶賛発売中！
BBC DX
発情
Hatsujo
著：鳥海よう子
原作：岩本薫
「発情」シリーズ第1作が、鳥海よう子の手により、
激しく情熱的に、野性的にコミック化!!
たっぷりエッチな描き下ろしコミック&ノベルも収録！
[定価：649円＋税]

ビーボーイノベルズをお買い上げいただきありがとうございます。
この本を読んでのご意見・ご感想をお待ちしております。

〒162-0825 東京都新宿区神楽坂6-46
ローベル神楽坂ビル5F
リブレ出版㈱内 編集部

リブレ出版WEBサイトで、本書のアンケートを受け付けております。
サイトにアクセスし、TOPページの「アンケート」から該当アンケートを選択してください。
ご協力をお待ちしております。

リブレ出版WEBサイト http://www.libre-pub.co.jp

B●BOY NOVELS

艶情《えんじょう》 王者の呼び声

2015年5月20日 第1刷発行

著者――岩本 薫

発行者――太田歳子
発行所――株式会社リブレ出版
〒162-0825
東京都新宿区神楽坂6-46ローベル神楽坂ビル
営業 電話03(3235)7405 FAX03(3235)0342
編集 電話03(3235)0317
印刷所――株式会社光邦

この書籍の用紙は全て日本製紙株式会社の製品を使用しております。

Printed in Japan
ISBN 978-4-7997-2530-6